イグナイト ミー
少女の想いは熱く燃えて

㊤

タヘラ・マフィ

金原瑞人 大谷真弓 訳

JN067074

潮文庫

IGNITE ME by Tahereh Mafi

読者のみなさまへ

みなさんの愛とご支援に感謝をこめて。
この作品はみなさんに捧げます。

タヘラ・マフィ

目次

これまでのあらすじ　7
1章　真相　11
2章　再会　107

装幀♣森坂芳友（デザインスタジオ　サウスベンド）

これまでのあらすじ

環境破壊と異常気象で荒廃した近未来。〝地球再建〟を謳《うた》う再建党が世界を支配し、人々は自由も思想もない生活を強いられていた。

十七歳の少女ジュリエットは、触れた者に苦痛と死をもたらす能力があるため、施設に捕らわれていた。しかし、その能力に目を付けた軍の司令官ウォーナーにより基地に連行される。豪勢な暮らしと引き換えに協力を迫られたジュリエットだが、彼女に想いを寄せ、さらに彼女に触れることができる兵士アダムと共に基地を脱出する。

恋に落ちたふたりは、アダムの弟ジェイムズと、基地の兵士でアダムの友人ケンジと共に、再建党への抵抗勢力の秘密基地〝オメガポイント〟を目指した。

途中、追跡してきたウォーナーと再会したジュリエットは、彼もまた自分に触れることができる事実に驚愕する。さらにウォーナーからとつぜんの愛の告白を受け、唇を奪われる。だがジュリエットは一瞬の隙をついてウォーナーを銃で倒し、仲間と合流する。

ようやくオメガポイントに到着した一行は、ケンジがここのメンバーであることを知らされる。そして、強力な念動力を持つリーダー・キャッスルの保護のもと、ジュリエットは自身の能力を解析してコントロールする訓練を受けることに――。（第1部「シャッター　ミー」）

これまで経験したことのない集団生活に、なかなか馴染めないジュリエット。能力をコントロールする訓練も、思うように進まない。

アダムがジュリエットに触れることができるのは潜在的能力に起因するのではないかと考えたキャッスルによって、アダムは検査を受けることになり、ふたりで会う時間は減っていった。

やがて、アダムのよそよそしい態度に疑問を持ったジュリエットは、地下実験室でアダムに過酷な検査を行うキャッスルを目撃する。苦痛に苛まれるアダムの姿にキャッスルへの怒りが爆発したジュリエットは、隠された能力を解放して周囲を一瞬で破壊し、気絶してしまった。

目を覚ましたジュリエットに、アダムは衝撃の事実を告白する。アダムには他者の能力を打ち消す能力があり、それは自身の防衛のために発動していること。しかも、ジュリエットとの仲が深まるほど、彼女の能力に対して無防備になりつつあるということだった。アダムは訓練で必ずなんとかすると訴えるが、自分の能力が愛する人を傷つけてしまうことを知ったジュリエットは、アダムとの別れを決断する。

その悲しみを打ち消すように訓練に没頭するジュリエット。そんなある日、屋外訓練で、倒したはずのウォーナーが最前線で指揮を執っているところに遭遇する。

さらに、ウォーナーの父親であり、再建党の総統であるアンダースンが軍の基地に到着し、事態は急変。偵察に出ていたオメガポイントの仲間四人が敵に捕らえられ、人質になってしまったのだ。人質との交換条件として、ジュリエットに指定の場所に来るよう要求するアンダースン。しかし、その裏でアンダースンは軍を動かし、オメガポイント襲撃も画策していた。

その情報を知ったキャッスルは、みずからが応戦の指揮を執り、ケンジとアダムとジュリエットの三人に、仲間の救出のため指定された場所へ行くように指示を出す。

指定された場所に建つ家に到着すると、交換条件であるジュリエットが単身でなかに入り、アンダースンとウォーナーと対面する。アンダースンはジュリエットに恋愛感情は息子の人生の妨げになると説明し、さらに息子への制裁として、ジュリエットを殺そうとする。

しかし、息子にまで銃を向けるアンダースンの非情さに我を忘れたジュリエットは、いつのまにか怪力でアンダースンをねじ伏せ、両足を拳銃で撃ち抜く。そのとき、アダムとケンジが突入し、キッチンに監禁されていた仲間二名を救出。ウォーナーを捕虜にして、その場を脱出する。その際、アンダースンの顔を見たアダムは驚愕する。なんと、アンダースンは子どものころに彼を捨てた父親であり、アダムとウォーナーは異母兄弟だったのだ。

捕虜にしたウォーナーから人質の情報を聞き出す役割を任されたジュリエットだが、徐々に彼の真意や優しさに気づき、惹かれていく自分にとまどいを覚える。

いっぽう、オメガポイントの存在で市民の〝反再建党〟意識が高まっていることを問題視したアンダースンは、市民の虐殺作戦を展開する。

市民に危険がせまるなか、戦闘直前にウォーナーがオメガポイントを脱走してしまう。応戦するジュリエットたちだが、仲間で双子の治癒者《ヒーラー》が拉致され、ジュリエット自身も敵の手に落ちてしまう。

監禁先で再びアンダースンと相まみえたジュリエットは、突然銃で胸を撃たれてしまう。命を落としかけた彼女を救ったのは、オメガポイントでみずからの能力に気づいたウォーナーだった。

（第2部「アンラヴェル　ミー」）

1
真相

わたしは砂時計。

これまで生きてきた十七年の歳月が内も外も崩壊し、わたしは完全に埋もれてしまった。両脚は砂がつまったようで、ホチキスで留められてしまったみたいに動かない。頭は決められないことや選べないことだらけでオーバーフローを起こしていて、この体から時間がこぼれ落ちていくのが苛立たしくてたまらない。時計の短針がわたしをつつく。一回、二回、三回、四回。そして、声をかけてくる。おーい、起きろ、立ち上がれ、そろそろ時間だよ、

目を覚ませ

目を覚ませ

「目を覚ませ」

はっと息を吸いこんで目を覚ます。でも起き上がりはしない。驚いているけれど、

怖くはない。どういうわけか、切実なグリーンの瞳《ひとみ》を見つめている。その瞳はとても多くのことを、とてもよく知っているように見える。エアロン・ウォーナー・アンダースンがわたしの上にかがみこんでいる。心配そうな目がわたしの容体を調べるように見つめ、手がわたしに触れようとしていたかのように宙《ちゅう》で止まっている。

ウォーナーはさっと体を引いた。

荒い息で肩を上下させながら、まばたきもせずにこちらを見つめている。

「おはよう」わたしはいってみた。自分の声がわからない。時間も、今日が何日かも、口からこぼれでた言葉も、わたしを収めているこの体のことも。

彼の着ている白いボタンダウンのシャツが、しわひとつない黒いズボンから半分はみ出している。シャツの袖《そで》はひじまでまくり上げてある。

彼の笑顔は、なんだかつらそう。

わたしが起き上がると、ウォーナーは少し動いて場所を空けてくれた。わたしは急なめまいにしばらく目を閉じ、症状がおさまるまでじっとする。

疲労と空腹で体力が落ちているけれど、何ヵ所かの痛みをのぞけば、ほぼ元気だ。わたしは生きている。息をして、まばたきをして、人間らしさを感じている。そして、その理由を知っている。

彼の目を見る。「あなたが助けてくれたのね」

わたしは胸を撃たれた。

ウォーナーの父親に撃たれたときの感覚が、まだ残っている。集中すれば、あの瞬間をよみがえらせることもできる。激しく責めさいなむ、強烈な痛み。一生忘れられない。

わたしは息をのむ。

ようやく見覚えのあるこの異質な部屋に気づき、とたんにパニックに襲われる。わたしが倒れた場所じゃない。心臓の鼓動《こどう》が速くなる。少しずつ彼から離れると、背中がヘッドボードにぶつかった。シーツをつかみ、シャンデリアを見ないようにする。あのシャンデリアは、よく覚えている――。

「だいじょうぶだ――」ウォーナーがなだめる。「心配ない――」

「わたし、なぜこんなところにいるの?」パニック。恐怖で意識がくもる。「どうして、またここに連れてきたの?」

「ジュリエット、聞いてくれ、おまえを傷つけるつもりはない――」

「じゃあ、なぜここに連れてきたの?」うわずる声を、必死で落ち着かせようとする。

「なぜ、こんな地獄に連れ戻したの――」

「隠さなくてはならなかったからだ」ウォーナーは息をついて、壁を見る。

「え？　どうして？」

「おまえが生きていることはだれも知らない」彼はこちらを向く。「わたしは基地に戻らなくてはならなかった。なにもかも元の状態に戻った、というふりをする必要があったんだ。それに、時間もなかった」

わたしは懸命に恐怖を追いやる。

ウォーナーの顔を観察し、我慢強い真剣な口調を分析する。昨夜の彼を思い出す——昨夜だったと思う——彼の顔、暗がりでわたしの隣に横になっていた彼を思い出す。彼はとてもやさしかった。わたしの命を救ってくれた。そしてたぶん、わたしをベッドに運んでくれた。彼の横に寝かせてくれた。あれはきっと彼だったと思う。ちらりと自分を見て、清潔な服を着ていることに気づいた。どこにも血がついていないし、穴が開いたりもしていない。だれがわたしの体を洗って、着替えさせてくれたんだろう？　ひょっとして、それもウォーナー？

「あなたが……？」わたしは口ごもり、着ているシャツのすそに触れる。「わたしの——服を——」

彼はほほえんで、こちらを見つめる。わたしが赤くなって、彼を少しきらいになりかけた頃、ウォーナーは首をふって両の手のひらに目を落とした。

「いいや。それは双子がやった。わたしはベッドへ運んだだけだ」

「双子」わたしは呆然《ぼうぜん》とする。

双子。

ソーニャとセアラ。あの子たちもここにいるんだ。双子の治療者《ヒーラー》がウォーナーと協力して、わたしを助けてくれたんだ。いままでは、わたしにさわれる人はウォーナーだけ。双子の持つ治療の力を安全にわたしの体に送りこめる人物は、世界じゅうで彼だけだ。

わたしの思考に火がつく。

双子はどこにいるの、あの子たちになにがあったの、アンダースンはどこ、戦いはどうなったの、そしてなによりアダムとケンジとキャッスルは、起きなきゃ、起きなきゃ、起きなきゃ、ベッドから出て行かなくちゃ
でも
動こうとすると、ウォーナーに体を支えられた。平衡《へいこう》感覚がおかしくて、わたしはふらついてしまう。まだ脚がベッドに釘付けにされているみたいで、急に息ができなくなり、視界に火花が飛んで、気が遠くなる。立ち上がらなきゃいけないのに。出て

いかなきゃならないのに。

　できない。

「ウォーナー」必死で彼の顔を見る。「なにがあったの？　戦闘はどうなってるの――？」

「いいから、そうあせるな」彼はわたしの両肩をつかむ。「まず、なにか食べて――」

「教えて――」

「先に食事をとらないか？　それともシャワーを浴びてくるか？」

「いや。いま知りたい」

　沈黙。

　ウォーナーは大きく息を吸いこむ。何度も呼吸する。右手を左手の上にのせ、小指にはめた翡翠《ひすい》のリングを何度も回す。

「終わった」

「なにが？」

　そういったつもりだけれど、なにも聞こえない。感覚が麻痺《まひ》してしまったみたい。まばたきをしても、なにも見えない。

「終わったんだ」彼はくり返す。

「そんなはずない」

わたしは言葉を吐き出し、ありえなさを吐き出す。

ウォーナーは首をふる。わたしの言葉を否定している。

「そんなはずないわ」

「ジュリエット」

「そんなはずない、あるわけない、ありえない。バカにしないで。からかわないで。嘘をつかないで！」わたしの声は甲高く、うわずって震えている。「そんなこと」わたしはあえぐ。「ありえない、ありえない、ありえない――」

今度は実際に立ち上がる。目にはたちまち涙があふれ、何度まばたきしても世界はめちゃくちゃで、笑いたくなる。だって、いまのわたしに考えられるのは、ひとつだけ。見るに耐えない現実が前にあるとき、目がそれをぼかしてくれるのは、なんて恐ろしくてすばらしいことだろう。

大地は固い。

それは事実として知っている。いきなりわたしの顔にぶつかってきたから。ウォーナーはわたしに触れようとするけれど、わたしは悲鳴を上げてその手をふり払ってしまうと思う。すでに答えを知っているから。とっくに知っているはずだ。嫌悪《けんお》がふつふっと湧《わ》いてきて、吐き気を感じる。それでも、あえてたずねる。わたしは横になっているのに、なぜかまだ倒れそうで、頭にいくつも穴が開き、三メートルも離れていないカーペットの一点を見つめていて、自分がまだ生きているのかすらわからないけれど、彼の答えを聞かなければならない。

「なぜ？」

愚かで単純なひと言。

「戦闘はなぜ終わったの？」わたしはもう息をしていない、本当の意味でしゃべってはいない、口からひとつづきの文字を吐いただけ。

ウォーナーはこちらを見ていない。

彼は壁を、床を、シーツを、固く握った自分の両手を見るけれど、わたしのほうは見ない、見ようとしない。そして彼の次の言葉はとても、とてもやさしかった。

「全滅したからだよ、ジュリエット。全員死んだ」

体が動かない。

骨も、血も、脳も、凍りついたように動かない。制御《せいぎょ》できない急な麻痺《まひ》がたちまち全身に広がって、息ができなくなる。無理に深く息を吸いこんでも、目の前の壁はいつまでも揺れて見える。

ウォーナーに抱き寄せられた。

「放して」わたしは叫ぶ。でも、心のなかでだけ。唇《くちびる》は動くのをやめているし、心臓はたったいま止まってしまったし、脳は一日の仕事を終えてどこかへ行ってしまったから。それに、目は、目は出血しているみたい。ウォーナーが小声でなだめてくれるけれど、わたしには聞こえない。両腕でわたしをすっぽり包み、力強く抱きしめて落ち着かせようとしているけれど、そんなの無駄。

わたしはなにも感じない。

ウォーナーはわたしを前後に揺らしながら、「しーっ」といっている。そのとき初めて、自分が耳をつんざく叫び声を上げていることに気づく。身を引き裂かれそうな苦痛に気づく。話したい、抵抗したい、ウォーナーを糾弾《きゆうだん》したい、彼を責めたい、嘘つきといってやりたい。なのに、わたしはなにもいえず、恥ずかしくなるほど哀れな声を出すことしかできない。彼の腕をほどき、あえぎながら、胃のあたりをつかんで体を折り曲げる。

「アダム」わたしはその名前にむせる。

「ジュリエット、頼むから――」

「ケンジ」わたしは過呼吸になってカーペットにへたりこむ。

「頼む、ジュリエット、おまえを助けたいんだ――」

「ジェイムズは？」自分の声が聞こえる。「あの子はオメガポイントに残ってた――戦闘についてこさせるわけにはいかなかったから――」

「すべて破壊された」ウォーナーは静かにゆっくりと答える。「なにもかも。おまえの仲間の何人かを拷問《ごうもん》にかけ、オメガポイントの正確な場所を吐かせた。そして、すべて爆破した」

「ウソ！」わたしは片手で口をおおい、まばたきもせずに天井を見つめる。

「本当にすまない。わたしがどれほどすまないと思っているか、おまえにはわからないだろう」

「嘘つき」毒のこもった小さい声でいう。怒りと悪意にかられて、なりふりかまっていられない。「少しも悪いなんて思ってないくせに」

ちらりと目をやると、彼の瞳に一瞬傷ついた色がよぎるのが見えた。彼は咳払《せきばら》いをした。

「すまない」もう一度、静かだけれどきっぱりいう。そして近くの洋服掛けから上着を取って、だまって身に着ける。

「どこへ行くの？」わたしはたちまち罪悪感にかられる。

「おまえにはこの状況を理解する時間が必要だ。それに、わたしがそばにいても役に立たないのは明白だ。おまえが話をできる状態になるまで、いくつか仕事を片づけてくる」

「さっきの話は間違いだといって」わたしの声はかすれている。息がつまる。「あなたが間違っている可能性もあるといって――」

ウォーナーはとても長く感じられるほど、わたしを見つめる。「ほんのわずかでも、おまえをこの苦しみから救える可能性があるなら、わたしはそれに賭けただろう。完全な真実でなければ、こんなことはいわない。わかってくれ」

これが――彼の真摯《しんし》な姿勢が――ついに、わたしをまっぷたつにへし折る。

こんなに耐えがたい真実なら、いっそ嘘をついてほしかった。

いつウォーナーが出ていったのかは、覚えていない。

どんなふうに出ていったのかも、なにをいったかも、覚えていない。わかるのは、自分が長いあいだ床の上で丸くなっていることだけ。涙が乾いて塩になるまで、喉《のど》がからからになって唇《くちびる》がひび割れ、頭が心臓の鼓動《こどう》と同じくらい強くずきずきしてくるまで。

ゆっくり起き上がると、頭蓋骨《ずがいこつ》のなかで脳がねじれるような感じがする。なんとかベッドに這《は》い上がって腰を下ろす。まだ麻痺《まひ》している感覚はあるけれど、さっきほどひどくはない。わたしは両ひざを抱える。

アダムのいない人生。

ケンジのいない人生。ジェイムズと、キャッスルと、ソーニャとセアラと、ブレンダンと、ウィンストンと、オメガポイントのみんなのいない人生。わたしの友だちは、みんなスイッチひとつで殺されてしまった。

アダムのいない、いない、いない人生。

わたしはじっと耐え、この痛みが消えてくれることを祈る。

痛みは消えない。

アダムはいなくなってしまった。

初めての恋人。初めての友だち。ほかにだれも友だちがいなかった頃から、ただひとり、わたしの友だちになってくれたアダムが死んでしまった。それなのに、自分がどう感じているのかわからない。奇妙な感じ。それに混乱している。虚ろで、打ちひしがれて、だまされたような気がして、罪悪感と、怒りと、とても耐えられない悲しみを感じる。

　オメガポイントに避難してから、ふたりのあいだにだんだん距離ができていったのは、わたしのせいだ。アダムはもっといっしょに過ごしたがっていたけれど、わたしは彼に長生きしてほしかった。自分が彼にもたらす苦しみから、彼を守ってあげたかった。わたしは彼を忘れようとした、彼なしでやっていこうとした、別々の未来を歩む覚悟を決めようとしていた。

　離れていれば、彼を長生きさせられると思っていた。

　バカだった。

　また涙があふれてきて頬《ほお》をつたい、ぽかんと開いた口のなかに入ってくる。肩の震えは止まらず、両手はぎゅっと拳《こぶし》を握り、体は引きつり、両ひざはぶつかりあう。古い習慣が体から這《は》い出してきて、わたしはひびと色と音と震えをかぞえながら、ゆらり、ゆらり、ゆらりと前後に体を揺らしている。彼を手放さなきゃ、手放さなきゃ、手放さなきゃ

　わたしは目を閉じて

息をする。

激しく荒い息をする。

吸う。

吐く。

呼吸をかぞえる。

こんな状況は前にもあったでしょ、と自分にいい聞かせる。あのときは、これよりもっと孤独で、もっと絶望的で、もっと切羽《せっぱ》つまっていた。こんな状況なら、前にも経験して生きのびた。今度だって切り抜けられる。

けれど、ここまで徹底的にすべてを奪われたことはなかった。愛も可能性も、友情も未来も、すべて失った。ここからやり直さなければいけない。またひとりで世界に立ち向かうのだ。最後の決断をしなくてはならない――あきらめるか、つづけるか。

わたしは立ち上がる。

頭がくらくらして、思考と思考がぶつかりあう。それでも、わたしは涙をのみこむ。拳《こぶし》を握り、叫びたくなる気持ちを抑え、たくさんの友だちを心にしまい、
復讐する、
その言葉のひびきを

こんなにも甘美に感じたことはない。

しっかりしなさい
しゃきっとして
顔を上げて
弱気になっちゃだめ
あきらめないで
頑張って
強気でいくの
背すじを伸ばして
いつか、わたしは
いつか
自由に
なれるかも

部屋に戻ってきたウォーナーは驚きを隠せなかった。

わたしは顔を上げ、手のなかでメモ帳を閉じる。「これ、返してもらうから」

彼は目をぱちくりさせている。「具合はよくなったようだな」

わたしは肩越しにふり向いて、うなずく。「わたしのメモ帳、すぐそこに置いてあった。ベッド脇のテーブルに」

「ああ」ウォーナーはゆっくり、慎重《しんちょう》に答える。

「だから、返してもらったわ」

「わかった」彼はドアのところに立ったまま、じっとこちらを見つめている。「おまえ――」首をふる。「いや、すまない。どこかへ行くのか？」

そのとき初めて、わたしはすでにドアのほうへ向かっていることに気づく。「出ていかなきゃ」

ウォーナーはなにもいわない。注意深く二、三歩部屋に入ってくると、上着を脱いで椅子《いす》の背にかける。背中につけたホルスターから三丁の銃を抜き、わたしのメモ帳が置いてあったテーブルにゆっくりと置く。ようやく顔を上げると、かすかにほほえんでいた。

両手をポケットに突っこむ。笑みが少し大きくなる。「どこへ行くというんだ、ジュリエット？」

「しなきゃならないことがあるの」

「へえ」ウォーナーは片方の肩を壁に押しつけ、胸の前で腕組みをする。笑いが止まらないようだ。

「ええ」わたしはいらいらしてくる。

ウォーナーは待っている。こちらを見つめている。さあ、つづけて、というように一度うなずく。

「あなたのお父さんは――」

「ここにはいない」

「えっ」

わたしはショックを隠そうとする。わたしったら、どうして、ウォーナーの父親のアンダースンがまだここにいると思いこんでいたんだろう？　状況は悪くなった。

「この部屋を出ていき、父の部屋のドアをノックして、さっさと始末できるなどと、本気で考えていたのか？」

そのとおりだ。「いいえ」

「とんだ嘘つきだな」ウォーナーがやさしくいう。

わたしは彼をにらむ。

「父は出ていった。ソーニャとセアラを連れて、首都へ戻った」

わたしはぞっとして息をのむ。「そんな」

ウォーナーはもう笑っていない。

「あの子たちは……生きているのね？」

「さあ」ウォーナーは肩をすくめる。「生きているんじゃないか。死んでいたら、父の役には立たないからな」

「生きているのね？」急に胸の鼓動《こどう》が暴走しだして、心臓発作を起こしそうになる。

「双子を助けださなきゃ――ふたりを見つけなきゃ、わたし――」

「どうやって？」ウォーナーがまじまじとわたしを見る。「どうやって父に近づく？どうやって父と戦う？」

「わからないわよ！」わたしは部屋のなかを行ったり来たりしている。「でも、ふたりを見つけなきゃ。あの子たちはこの世界に残された、わたしの唯一の友だちかもしれないのよ――」

そこで止まる。

急にふり返る。心臓が喉《のど》までせり上がってくる。

「もし、ほかにも仲間が生きているとしたら？」希望を持つのが怖い。

わたしは部屋の向こう側にいるウォーナーを見る。

「ほかにも生き残っている人たちがいたら？」わたしの声は大きくなっている。「そして、どこかに隠れているとしたら？」

「それはないだろう」

「可能性はあるでしょ？」わたしは必死になる。「もし、ほんのわずかでも可能性があるなら――」

ウォーナーはため息をつき、片手で髪をかき上げる。「自分の目であの壊滅《かいめつ》状態を見ていれば、そんなことはいわなかっただろう。安易な希望は絶望に直行だぞ」

ひざががくがくしてくる。

わたしはベッドのフレームにしがみつく。呼吸は速く、手は震えている。いまのわたしはなにも知らない。オメガポイントがどうなったのか、実際に知っているわけじゃない。首都がどこにあるのか、どうやってそこへ行けばいいのかもわからない。ソーニャとセアラが生きているうちに助け出せるかどうかすら、わからない。それでも、急に湧《わ》いてきたこの愚かな希望を、わたしの仲間がまだどこかで生きているかもしれないという希望を、頭から追い出すことなんてできない。

みんなはこんな状況に負けないくらい強い――それに賢い。

「オメガポイントの人たちは長年、戦闘の準備をしてきた」そういう自分の声が聞こえる。「こういう場合に備えた作戦も立ててあるはずよ。隠れる場所とか――」

「ジュリエット――」

「うるさい！　やってみなきゃならないの。状況をこの目で確かめさせて」

「体に悪い」彼は目を合わせようとしない。「生き残っている仲間がいるかもしれないなどという希望を持つのは、危険だ」

わたしは彼のたくましい落ち着いた横顔を見つめる。

彼はうつむいて両手を見ている。

「お願い」

ウォーナーはため息をつく。

「わたしは明日か明後日には、居住区へ出向かなければならない。再建作業を監督するためだ」彼は話すうちに緊張していく。「多くの市民を失った。死者はかなりの数にのぼる。残された市民はもちろん傷つき、沈んでいる。父の目論見《もくろみ》どおりになった。抵抗運動にかけていた最後の希望を叩き潰されたのだ」

張りつめた短い息つぎ。

「それにいまは、あらゆるものを早く復旧しなければならない。大量の遺体を片づけて焼却し、損壊した住居を建て替えている最中だ。市民は強制的に仕事に戻らされ、親を亡くした子どもはよそへ移され、残った子どもは所属するセクターの学校へ通うことになっている。再建党は、市民に悲しむ時間もあたえない」

わたしたちのあいだに重い沈黙が訪れる。

「居住区を見回るときなら、おまえをオメガポイントへ連れていけるだろう。なにが起こったか、見せてやることもできる。それで、わたしのいったことが事実だとわかったら、選択してもらうことになる」

「選択って、なんの？」

「これからどうするか。わたしと残ることもできる」ウォーナーはためらいがちにいう。「あるいは、おまえが望むなら、規制外区域のどこかで隠れて暮らせるように取り計らってやってもいい。ただし、完全に孤立した生活だ。ぜったいに見つかってはならない」

「そう」

少し間《ま》があく。

「ああ」

ふたたび、間があく。

「それとも、こんなのはどう？」わたしは彼にいう。「わたしはここを出て、あなたの父親を見つけ出して殺し、自分で決着をつける」

ウォーナーは笑いをこらえようとして、失敗する。

下を向いて少し笑ってから、まっすぐわたしの目を見て首をふる。

「なにがそんなにおかしいの？」

「かわいいやつだ」

「はあ？」

「長いあいだ、この瞬間を待っていた」

「どういう意味？」

「おまえはついに覚悟を決めた。ついに戦う覚悟ができたんだ」

衝撃《しょうげき》が全身を走り抜ける。「もちろん、できてるわ」

一瞬、戦闘の記憶が襲ってくる。射殺されるかもしれないという恐怖。友だちのことも、自分の新たな覚悟も、状況を変えるという決意も忘れてはいない。状況を変えること。今度はためらわずに本気で戦う。なにがあろうと――どんなことが明らかになろうと――もう引き返さない。ほかに道はない。

わたしは忘れていない。「前進か死か」

ウォーナーは声を上げて笑う。まるで叫びだしそうだ。

「あなたの父親を殺す。そして、再建党をつぶす」

彼はまだほほえんでいる。

「わたしはやる」

「わかっている」

「じゃあ、なぜわたしを笑うの？」

「おまえを笑っているんじゃない」ウォーナーは穏やかにいう。「ただ、こう思っているだけだ。わたしの助けがほしいんじゃないか？」


「え？」わたしはまばたきする。信じられない。

「ずっといってきたじゃないか」ウォーナーはいう。「わたしとおまえが組めば、すばらしいチームになる。だから、おまえの覚悟ができるのを待っている、おまえが自分の怒りと能力を認めるのを待っていると、前からいっているじゃないか。出会った日からずっと待っていたんだ」

「でも、再建党のためにわたしを利用したかったんでしょ――罪のない人々を拷問《ごうもん》するのに使いたかったんでしょ――」

「それは違う」

「どういうこと？　なにいってるの？　自分でそういったじゃない――」

「あれは嘘だ」ウォーナーは肩をすくめる。

わたしはあんぐりと口を開ける。

「いいか、ジュリエット。わたしについてわかってほしいことが三つある」彼は一歩前に出る。「ひとつめは、おまえには理解できないほど、わたしは父を憎んでいる」咳《せき》ばらい。「ふたつめは、わたしは弁解しようがないくらい利己的な人間だ。ほぼいかなる場合も、自分の利益に基づいて判断する。三つめは」下を向き、少し笑ってからつづける。「お前を武器として利用しようと思ったことは、一度もない」

言葉が出ない。

わたしは後ずさって、ベッドにすわる。

なにもいえない。

「あれは父を欺《あざむ》くために練り上げた計画だ。おまえのような人間は役に立つと、父に信じさせなくてはならなかった。おまえを軍事的に利用できると確信させる必要があったのだ。一切ごまかさず正直にいえば、なぜうまくいったのか、いまだによくわからない。だいたい、馬鹿げている。膨大《ぼうだい》な時間と金とエネルギーを費やして拷問《ごうもん》を重ね、頭がおかしいと思われている少女を洗脳しようというのだからな」彼は首をふった。「努力も時間もすべて無駄になるであろうことは、最初からわかっていた。反抗的な人間から情報を引き出す方法なら、おまえを使うよりははるかに効果的な方法がほかにいくらでもある」

「じゃあ、なぜ――なぜ、わたしを手に入れたがったの？」

ウォーナーの真剣な眼差しにぞっとする。「おまえを調べたかったからだ」

「え？」わたしは息をのむ。

彼は背を向ける。「知っていたか？」その声は小さくて、耳をそばだてなければ聞こえない。「あの家には、わたしの母が暮らしていたんだ」彼は閉まったドアに目を向ける。「父がおまえを運びこませた家だ。父がおまえを撃った家だよ。母は自分の部屋にいた。おまえが父と話していた場所から、廊下を少し進んだところにある部屋にいたんだ」

わたしが答えずにいると、ウォーナーはこちらに向き直る。

「ええ、あなたのお父さんがお母さんのことをなにかいっていたから」

「そうなのか？」彼の顔に一瞬、警戒の色がよぎる。けれど、すぐに感情は消えてしまった。「それで父は」落ち着いた声を出そうと努力しているのがわかる。「母のことをなんといっていた？」

「病気だって」わたしは答える。彼の体が震えるのを見て、自分がいやになる。「お母さんは居住区ではうまくやっていけないから、あの家に収容してるといっていたわ」

ウォーナーは支えが必要になったかのように、壁にもたれる。そして苦しげに息をついて、ようやくいった。「ああ、そのとおりだ。母は病気だ。まったくとつぜん、具合が悪くなった」彼の目はべつの世界のどこか遠いところを見つめている。「わたしが子どもの頃は、母は申し分なく健康だったと思う」指にはめた翡翠《ひすい》のリングをくるくる回しながら話す。「だが、ある日とつぜん……壊れてしまった。わたしは何年も、治療法を探してほしい、薬を見つけてほしいと頼んだが、父は取り合おうともしなかった。自分でも母を助ける方法を探したが、だれに当たっても母を治せる医者はいなかった。だれも――」ウォーナーはもう、ほとんど息もしていない。「――母のどこが悪いのかわからなかった。母は絶え間ない苦しみに襲われているのに、利己的なわたしは母を死なせてやることもできなかった」

彼は顔を上げる。

「そんなとき、おまえのことを耳にした。おまえの噂《うわさ》を聞いて、初めて希望が見えた。わたしはおまえに接触して調べたいと思った。直接会って理解したいと思ったのだ。わたしの調査によれば、母のどこが悪いかを突き止められる可能性のある人間は、おまえだけだった。わたしは必死だった。なんでも試したかった」

「どういうこと？」わたしはたずねる。「どうして、わたしみたいな人間が、あなたのお母さんを助けられるの？」

ウォーナーの目がふたたびわたしの目をとらえる。苦悶《くもん》に輝く目が。「それはだな、ジュリエット。おまえはだれにも触れることができない。そしてわたしの母も、だれにもさわることができないからだ」

わたしは言葉を失った。

「やっと母の苦しみがわかった」ウォーナーはいう。「母の思いが、やっとわかった。おまえのおかげだ。重荷を背負わされ、危険な力を秘めて、理解してくれない人々のあいだで生きていくなかで、おまえがどういう思いをしてきたか——どういう思いをしているか——この目で見たからだ」

彼は壁に頭をあずけ、両手の親指の付け根を目に押しつける。

「母は、おまえと同じように、自分のなかに怪物がいると感じているに違いない。だがおまえと違って、母の唯一の犠牲者は母自身だ。母は自分の肌に生存を脅《おびや》かされている。だれも母に触れることができない、母自身の手で触れることすらできないんだ。額にかかった髪を払いのけることも、拳《こぶし》を握ることもできない。母は口をきくことを恐れ、脚を動かすことを恐れ、腕を伸ばすことを恐れ、もっと楽な姿勢をとろうと見動きすることとすら恐れている。自分の肌が触れあうときの衝撃《しょうげき》が、耐えがたい苦痛をもたらすからだ」

ウォーナーは目を押さえていた両手を落とす。

「どうやら」懸命に落ち着いた声をたもとうとしている。「人と接触する際の温《ぬく》もりにあるなにかが引き金となって、母のなかで恐ろしい破壊的な力が生まれるらしい。苦痛をあたえるのも受けるのも母自身だから、自分を殺すことはできないのだろう。

だが、自分の体という牢獄に閉じこめられ、みずからの拷問《ごうもん》から逃れることはできない」

目がひりひりしてきて、わたしはすばやくまばたきする。

何年ものあいだ、自分の人生はつらいと思っていた。苦しむということがどういうことか、わかっているつもりでいた。けれど、これは。これはとても理解できない。わたしよりひどい苦しみを抱えている人がいるかもしれないなんて、立ち止まって考えてみたこともなかった。

いままで自分を哀《あわ》れんでいたことが、恥ずかしくなる。

「長いあいだ」ウォーナーはつづける。「わたしはただ、母は……病気にかかっているだけだと思っていた。自分の免疫《めんえき》システムを攻撃するような、皮膚が極度に敏感になって苦痛を感じる病気になったのだと思っていた。適切な治療を受ければ、いつかは治ると考えていた。ずっと希望を持っていた。だがけっきょく、何年たっても母の状態は変わらなかった。絶え間ない苦痛は母の精神状態まで破壊しはじめた。母はついに生きることを放棄した。自分を苦痛に明けわたした。ベッドから出なくなり、規則正しい食事も拒んだ。衛生状態すら気にしなくなった。そして父のとった措置《そち》は、母を薬づけにすることだった。あの家に母を閉じこめ、看護師だけをそばに置いた。

いまの母はモルヒネ中毒で、完全に正気を失っている。もうわたしがだれかもわかっていない。自分の息子を認識できないんだ。何度か薬をやめさせようとしたら」ウォーナーの声は小さくなっていた。「母はわたしを殺そうとした」

彼は一瞬だまりこむ。わたしがこの部屋にいるのを忘れてしまったかのようだ。「わたしの子ども時代はひどかったが、なんとか耐えられると思うこともときどきあった。その理由は母がいてくれたから、それだけだ。だが父は母の面倒をみるどころか、母をわけのわからないものに変えてしまった」

ウォーナーは顔を上げ、声を出して笑う。

「わたしはずっと治せると思っていた。原因を見つけることさえできれば――なんとかできると思っていた、できると思っていたんだ――」言葉を切り、片手で顔をなでる。「わからない」小声でいって顔をそむける。「だが、おまえの意思を無視しておまえを利用するつもりは微塵《みじん》もなかった。そういうことに興味はない。だが演技をつづけなくてはならなかった。わたしが母の幸せを気にかけることを、父が許すわけがないからな」

彼は奇妙にゆがんだ笑みを浮かべる。ドアのほうを見て笑う。

「父は母を助けたくなどないんだ。父にとって、母はうんざりする重荷だ。父はわたしに対し、親切に母を生かしてやっているのだから感謝すべきだと思っている。じゅうぶんだと思っている。母が自分の体のもたらす苦痛にすっかり破壊され、恐ろしい怪物になって正気を失ったさまを見ていられるのだから、じゅうぶんだろうと」彼は震える手で髪をかき上げ、首の後ろをつかんだ。

「じゅうぶんじゃなかった」彼は静かにつづける。「じゅうぶんなわけがない。わたしは母を助けたいという思いに取りつかれた。元の元気な母に戻してやりたかった。自分もその感覚を知りたかった」彼はまっすぐわたしの目を見つめる。「あの苦痛に耐えるのがどういうことかを、知りたかった。母が毎日経験していることを知りたかった」

ウォーナーはいう。「おまえに触れられるのを恐れたことは一度もない。むしろ歓迎していた。いずれ、おまえが殴りかかってくるだろうということはわかっていた。わたしから身を守ろうとするだろうと確信していた。その瞬間を心待ちにしていた。ところが、おまえはけっして刃向かってこなかった」首をふる。「おまえに関する記録のすべてに、おまえは手に負えない凶暴な生き物だと書かれていた。だから、てっきり獣《けもの》のような人間だと思っていた。隙《すき》あらば、わたしや部下を殺そうとする人物――注意深く見張っておかなければならない人物を想像していた。だが実際は、思いやりにあふれ、かわいらしく、わたしは失望した。おまえは腹にすえかねるほど純真だった。やりかえそうともしなかった」

彼はぼうっとした目で回想している。

「そして、わたしの脅《おど》しに反抗しなかった。価値があるとみなされている物に、喜ばなかった。生意気な子どものようにふるまった。用意された服は気に入らず、凝《こ》った料理は口にしようとしなかった」あきれた顔で声を上げて笑うウォーナーに、わたしは急にさっきまでの同情を忘れる。

なにか投げつけてやりたくなる。

「おまえがあまりにつむじを曲げるものだから、わたしはワンピースを着てくれと頼んだくらいだ」ウォーナーは楽しそうに目を輝かせて、こちらを見る。「わたしはここで、意地悪で手に負えない怪物から身を守る覚悟をしていた。しかもその怪物は素手で相手を殺すことができる――」彼はまたこみ上げてきた笑いを噛み殺す。「おまえときたら、清潔な服と温かい食事に怒りを爆発させた。まったく」天井を向いて首をふる。「思わず笑ってしまった。おまえのバカげた反応は、じつに楽しい。どんなに楽しかったか、口では言い表せないほどだ。わたしはおまえを怒らせるのが好きだった」いたずらっぽい目をする。「いまも好きだ」

わたしは引きちぎってしまいそうな力で枕をつかみ、彼をにらむ。

そんなわたしを、彼は笑う。

「じつにおもしろかった」ウォーナーはにやにやして、つづける。「わたしはおまえと過ごしたいと、いつも思っていた。おまえが将来、再建党と歩んでいけるように計画を立てているふりをしていた。おまえは無害で美しかったし、いつもわたしに怒鳴っていた」満面の笑みを浮かべて回想している。「まったく、どうでもいいことでよく怒鳴っていたよな。それでも、けっしてわたしに触れようとはしなかった。ただの一度も、自分の命がかかっているときでさえ、その力を使おうとはしなかった」

ウォーナーの笑みが消える。

「わたしは不安にかられた。おまえがその能力で自分の身を守るより、犠牲になって死ぬ覚悟でいるのではないかと思うと、恐ろしくなった」息つぎ。「そこで作戦を変えた。おまえを脅《おど》して、わたしに触れさせようとしたのだ」

あの青い部屋でのことをまざまざと思い出し、わたしはたじろぐ。彼になじられ、あやつられ、もう少しで彼を傷つけてしまうところだった。ウォーナーはついに、わたしが彼を傷つけたくなるほど、わたしを傷つける言葉を見つけたのだ。

もう少しで、彼を傷つけるところだった。

ウォーナーは首をかしげる。大きく、敗北の息を吸いこむ。「しかし、それもうまくいかなかった。わたしはたちまち、本来の目的を見失いはじめた。おまえにのめりこむあまり、そもそもなぜ、おまえを基地に連れてきたのかを忘れてしまった。屈服しないおまえが、腹立たしかった。明らかに相手を打ちのめしたいときでもそうしようとしないおまえに、苛立っていた。だが、わたしがもうあきらめようと思うたびに、おまえは信じられないものを見せてくれた」やれやれと首をふる。「そしてついに、抑制《よくせい》できない荒々しい力の片鱗《へんりん》を見せた。信じられなかった」言葉を切って、壁にもたれる。「だがそこで、おまえはいつも引っこんでしまう。まるで恥じ入るように。自分のなかにあんな力があるのを認めたくないかのように。そこで、わたしはまた作戦を変えた。別の方法を試すことにしたのだ。おまえの忍耐の限度を確実に越える方法を。認めよう、それはわたしがこうあってほしいと望んだとおりになった」ほほえむ。「おまえは初めて、本当の意味で生きているように見えた」

わたしの両手が、とつぜん氷のように冷たくなる。

「拷問室《ごうもん》でのことね」

「おまえはそう呼ぶだろうが」ウォーナーは肩をすくめる。「われわれはシミュレーション・ルームと呼んでいる」

「あなたはあの部屋で、わたしに幼い子どもを苦しめさせた」あの日の激しい怒りがこみ上げてくる。彼のしたことは、彼にさせられたことは、忘れようがない。彼は自分の楽しみのために、わたしに恐ろしい記憶を追体験させた。「ぜったい許さない」わたしは吐き捨てる。「あなたがあの小さい男の子にしたことは、ぜったい許さない。あの子に対して、わたしにさせたことも！」

ウォーナーは顔をしかめる。「すまない――なんのことだ？」

「幼い子どもを犠牲にしたことよ！」わたしの声は震えている。「あなたのくだらないゲームの犠牲にしたこと！　よく、あんな卑劣なことができたわね」彼に枕を投げつける。「ぞっとする。あなたは冷酷無比の怪物よ！」

ウォーナーは胸に当たった枕をつかみ、初めて見るような顔でわたしを見ている。けれどそのうち、なにか理解したような表情になり、手から枕を落とした。「そうか」ゆっくりといい、目をぎゅっと閉じて笑いをこらえようとしている。「そうか、おまえはわたしを殺したいのか」もう、堂々と笑っている。「いや、どう扱えばいいのか

——」

「なにをいっているの？　どうかしたの？」

彼はにこにこしたまま答える。「教えてくれ、ジュリエット。あの日なにがあったのか、はっきり教えてくれ」

そのふざけた言葉に、わたしは両手を握りしめ、新たな怒りに震える。「あなたにバカバカしい露出過剰な服を着ろといわれたのよ！　そして第45セクターの地下に連れていかれ、古びた汚い部屋に閉じこめられた。あの部屋のことは完璧に覚えてる」わたしは懸命に冷静さをたもとうとする。「吐き気のしそうな黄色い壁。古ぼけた緑のカーペット。巨大なマジックミラー」

ウォーナーは眉を上げる。つづけろ、という意味だ。

「それから……あなたがスイッチみたいなものを操作した」わたしはなんとか話をつづける。なぜか自分に疑いが湧《わ》いてくる。「すると、大きな金属の杭《くい》が床から次々に突き出してきて、そして——」口ごもり、心に鎧《よろい》を着せる。「——よちよち歩きの男の子が入ってきた。目隠しされた状態で。それから、あなたはこういった。その子はあなたの身代わりだ、わたしがその子を救わなければ、あなたもその子を救わないって」

ウォーナーはまじまじとこちらを見ている。わたしの目を観察している。「わたしがそんなことをいったのか？　本当に？」

「ええ」

「ええ？」彼は首をかしげる。「わたしがそういったところを、おまえのその目で見たのか？」

「い、いいえ」わたしは弁解するように、急いでいう。「でも、スピーカーがあって――あなたの声が――」

ウォーナーは大きく息を吸いこむ。「そうか」

「確かに聞いたわ」

「それで、わたしがそういったのが聞こえたあと、なにが起きた？」

わたしはごくりと唾《つば》をのみこむ。「わたしは男の子を助けなきゃならなかった。そうしなきゃ、男の子は死んでいたわ。目隠しされたままやみくもに動いたら、床から突き出してくる杭に貫《つらぬ》かれてしまう。わたしは男の子を抱き上げ、殺さずに抱えられる方法を必死で探した」

一瞬の沈黙。

「で、見つかったのか？」とウォーナー。

「ええ」わたしは小声で答える。自分も見ていたくせに、どうしてこんなことを聞くのだろう？　「でも、男の子はぐったりしてしまった。わたしの腕のなかで一時的に麻痺《まひ》状態になった。それから、あなたがスイッチを操作して杭《くい》を引っこめると、わたしは男の子を床に下ろした——男の子はまた泣きだし、わたしの素脚にぶつかって悲鳴を上げ始めた。わたしは……あなたにものすごく腹が立って……」

「コンクリートの壁をぶち破った」ウォーナーはかすかな笑みを浮かべている。「コンクリートの壁をぶち破って、わたしを絞め殺そうとした」

「当然よ」そういっている自分の声が聞こえる。「もっとひどい目に遭ったっていいくらいだわ」

「そうか」ウォーナーはため息をつく。「もしわたしがそんなことをしたのなら、おまえがいったとおりのことをしたのだとしたら、確かに当然だろう」

「なにいってるの？　したのだとしたら？　実際にあなたがしたことでしょ——」

「本当か？」

「本当に決まってるじゃない！」

「なら、教えてくれ、ジュリエット。その子はどうなった？」

「え？」わたしは固まる。氷が両腕を這《は》い上がってくる。

「その小さい男の子はどうなった？　おまえはその子を床に下ろしたといった。だが、幅二メートルの分厚い鏡がはめこまれたコンクリート壁を壊そうと突進したとき、室内をよちよち歩いていたという幼児に、おまえはなんの配慮もしなかった。あんな危険な破壊行為をして、幼児が怪我《けが》をするかもしれないとは思わなかったのか？　わたしの兵士たちは実際、怪我をした。おまえはコンクリートの壁をぶち破ったんだぞ、ジュリエット。巨大なガラスの塊《かたまり》を破壊したんだぞ。コンクリートの塊や割れたガラス片がどこへ飛ぶか、それによって怪我《けが》をする者はいないか、おまえは立ち止まって考えようとはしなかった」ウォーナーは言葉を切り、こちらを見つめる。「考えたか？」

「考えてなかった」わたしはあえぐように答える。体から血が流れ出していく。

「おまえが立ち去ったあと、どうなった？　それとも、そこは覚えていないか？　おまえはあの部屋を破壊し、わたしの兵士たちに怪我を負わせ、わたしを床に放ると、そのまま立ち去った。ただ背を向けて、立ち去ったんだ」

わたしは思い出して呆然《ぼうぜん》とする。そのとおりだ。覚えている。わたしは考えていなかった。ただ一刻も早くあの場を出ていきたかった。出ていって、頭のなかを整理したかった。

「それで、男の子はどうなった？」ウォーナーは問い詰める。「おまえが立ち去るとき、その幼児はどこにいた？　見なかったのか？」眉を上げて、たずねる。「杭はどうなった？　床をよく見て、どこから杭が出てくるか確かめたか？　杭がどうやってカーペットを破損せずに床から突き出すのか確かめたか？　足の裏にあたるカーペットは、ずたずただったりでこぼこだったりしたか？」

わたしは荒い息をしながら、冷静になろうと苦闘《くとう》する。彼の視線から逃れられない。

「いいか、ジュリエット」彼はやさしくいう。「あの部屋にスピーカーなどなかった。完全な防音になっていて、センサーとカメラ以外はなにも設置されていない。シミュレーション・ルームだからな」

「ウソよ」わたしは息をのむ。信じたくない。自分が間違っていたなんて、ウォーナーがわたしの思っていたような怪物じゃないなんて、認めたくない。いま、彼に状況を変えさせるわけにはいかない。こんなふうに混乱させられるわけにはいかない。こんなの、だめ。「ありえない――」

「おまえを無理やり残酷なシミュレーションの実験室に入れたことは、悪かったと思っている。あれは過《あやま》ちだったと認めるし、これまでしたことについてはすでにあやまった。わたしはただ、おまえが最終的な行動に出るよう仕向けようとしただけだ。ああいった状況におけば、手っ取り早くおまえにひそむ力を引き出せるとわかっていたからな。しかし驚いた――」彼は首をふる。「――おまえに拷問《ごうもん》させるためだけに他人の子どもを奪うような人間だと思われているとは、ずいぶんと見下されたものだ」

「あれは現実じゃなかったの?」自分の声とは思えない、うろたえてかすれた声。「現実に起こったことじゃないの?」

ウォーナーは同情の笑みを浮かべる。「シミュレーションの基本要素はわたしが考えた。あのプログラムのすばらしい点は、兵士のもっとも本能的な反応を引き出し、得た情報を検討しながら、それに合わせてみずから進化し、変化するところだ。このシミュレーションは、特定の恐怖を克服しなければならない兵士や、特殊な任務につく兵士の訓練に使用されている。われわれは、ほぼあらゆる環境を再現できる。自分のしていることをわかっている兵士でさえ、シミュレーションだということを忘れるほどだ」目をそらす。「おまえが恐怖でパニックになることはわかっていたが、それでもやった。おまえを傷つけたことは、悪かったと思っている。だが」またこちらの目を見て、静かにつづける。「あれはすべてシミュレーションだ。現実ではない。あの部屋で聞いたというわたしの声は、おまえの想像だ。苦痛も、音も、匂いも。すべて、おまえの想像の産物だったんだ」

「そんな話、信じたくない」かろうじて小さい声が出る。

ウォーナーはほほえもうとする。「なぜ、あんな服をおまえにわたしたと思う？　あの服の素材には、室内のセンサーに反応する化学物質が裏張りしてあった。服の面積が少ないほど、それを身に着けている者の体温や動きをカメラが追跡しやすい」首をふる。「おまえが経験したことを、わたしが説明する機会はなかった。立ち去ったおまえをすぐ追いかけたかったが、落ち着く時間をあたえたほうがいいと思い直したのだ。愚かな決断だったよ」口元に力がこもる。「わたしは待った。だが、待つべきではなかった。おまえを見つけたときには、もう遅かった。おまえはわたしから逃げるため、窓から飛び出そうとしていた」

「当然でしょ」

彼は降参というように両手を上げる。

「あなたは恐ろしい人よ！」わたしは爆発して、ほかの枕を片っ端から彼の顔に投げつける。怒りと恐怖と屈辱《くつじょく》がいっせいに襲ってくる。「わたしがどんな思いをするか知っていながら、よくもあんなことを。あなたって最低、しかも傲慢《ごうまん》で――」

「ジュリエット」ウォーナーは枕をよけながら近づいてきて、わたしの腕に手を伸ばす。「おまえを傷つけたことはすまなかったと思っている。だが、あれはやってみるだけの価値があったと思って――」

「さわらないで!」わたしは彼をよけ、ベッドの縁を武器でも握るようにつかんで、彼をにらむ。「あんなことをするなんて。もう一度あなたを撃ってやる! そうよ――わたしは――」

「どうした?」彼は笑う。「また枕を投げるか?」

わたしは力いっぱい彼を押しやる。びくともしない彼を、今度は叩きはじめる。彼の胸を、腕を、腹を、脚を、手の届くところを片っ端から叩く。彼がわたしの能力を吸収できなければよかったのに。かつてないほど強く思う。彼の全身の骨を砕き、わたしの手の下で苦痛にもだえさせることができたら、と願わずにいられない。「あなたなんて……自分のことしか考えない……怪物よ!」ろくに狙いも定めず、ひたすら殴る。それがどれほど自分の体力を奪うか考えもせず、怒りがどれほど早く痛みに変わるか知りもせず。とつぜん、ただ泣きたくなる。安堵《あんど》と恐怖で体が震える。またひとり罪のない子どもに取り返しのつかない損傷をあたえてしまったという恐れから、ついに解放されたと同時に、ウォーナーがあれほど恐ろしいことをわたしに強いることがあるという恐怖がこみ上げてくる。しかも彼がそうする目的は、わたしを助けるためなのだ。

「本当にすまない」彼はさらに近づいてくる。「本当に、心からすまないと思っている。あのときは、おまえをわかっていなかった。いまのようには、おまえを理解していなかった。あんなことは二度としない」

「わたしのことなんてわかってない」わたしはつぶやき、涙をぬぐう。「わたしの日記を読んで、理解したと思いこんでいるだけよ——人のプライバシーを勝手にのぞく、いやらしい人間——」

「まあ、その件については——そのとおりだな——」ウォーナーはほほえむと、片手でわたしのポケットからメモ帳を抜き出し、ドアへ向かう。「だが、まだ読み終えていないものでね」

「ちょっと！」わたしは抵抗して、通りすぎる彼に腕をふり上げる。「返してくれるっていったじゃない！」

「そんな覚えはない」彼は小さい声でいい、メモ帳をズボンのポケットに放りこむ。

「少し待っていてくれ。なにか食べるものを持ってくる」

まだ怒鳴りつづけるわたしを残し、彼は外に出てドアを閉めた。

わたしは後ろ向きにベッドに倒れこむ。

喉の奥で怒りの音を立て、枕を壁へ放る。

なにかしなきゃ。動きださなきゃ。

作戦を立てなきゃ。

いままでずっと防戦と逃げばかりで、頭のなかは再建党を倒すという入念に練り上げられた、うまくいくはずのない白昼夢《はくちゅうむ》にとらわれていることが多かった。わたしはあの監房で264日間のほとんどを、とうてい不可能なことばかり夢想してすごした――自分や窓の外にいる人々を虐《しいた》げている連中の顔に、唾《つば》を吐いてやれる日が来ることを。立ち上がって自分の身を守るというシナリオを百万とおりも考えたけれど、そんなチャンスが来るなんて本気で思ったことはなかった。自分に力があるとか、チャンスがめぐってくるとか、勇気が持てるだなんて、考えたこともなかった。

でも、いまは？

みんな、いなくなってしまった。

残されたのは、わたしひとりかもしれない。

オメガポイントではキャッスルがみんなを引っぱってくれて、わたしは満足していた。わたしはほとんどなにも知らなかったし、まだ行動を起こすのが怖かった。すでにキャッスルというリーダーがいて作戦も出来ていたから、彼がいちばんよくわかっている、オメガポイントのみんなのほうがわたしよりずっと状況をわかっている、と信じていた。

間違いだった。

わたしはずっと、胸の奥で、だれがこの抵抗運動を率いるべきかわかっていた。こしばらくひそかに感じていたけれど、怖くて口に出せなかった。失うものはなにもなく、勝ち取るものしかない人物。もはや何者も恐れていない人物。

キャッスルじゃない。ケンジでも、アダムでもない。ウォーナーですらない。

わたしだ。

初めて自分の着ているものをよく見てみた。ウォーナーの古い服らしい。色あせたオレンジ色のTシャツと、まっすぐ立つたびに腰からずり落ちそうになる灰色のスエットパンツのなかで、溺《おぼ》れかけているみたい。少しして平衡《へいこう》感覚を取り戻すと、裸足に触れる厚いビロードのカーペットに全体重をかけてみる。ズボンのウエストを二、三回折り曲げて調節し、Tシャツの余分な生地を後ろで結ぶ。なんだか間抜けな格好だけれど、服の大きさが体に合うと、自分をコントロールする力がわずかに湧《わ》いてくる。それにしがみつくと、もう少し目覚めた気分になり、もう少し自分の置かれた状況に対処できそうな気がしてくる。あと必要なのは、輪ゴムだけ。髪が重くて、窒息しそう。からみつく髪を首からのけたくてたまらない。それから、猛烈にシャワーを浴びたい。

ドアの音に、はっとふり向く。

考えごとをしながら、両手で髪をポニーテールにしているところを見つかり、不意に下着をつけていないことがひどく気になる。

ウォーナーはトレイを持っていた。

まばたきもせずに、こちらを見つめている。彼の視線が顔から首へ、腕へと下りていき、ウエストで止まる。彼の目を追って気づいた——この姿勢のせいでTシャツの裾《すそ》が上がり、お腹が見えている。それでとつぜん、彼に見つめられている理由がわかった。

あのときの記憶がよみがえる。わたしの体を這《は》う彼のキス。背中、なにも身に着けていない脚、太腿《ふともも》の後ろを探る彼の手。わたしの下着のゴムにかけた彼の指——

いいや。

わたしは両手を落とす。同時に髪も落ちてきて、茶色い波が肩と背中と腰にばさっとかかる。顔が火を吹く。

ウォーナーは急に、わたしの頭上の一点を見すえる。

「髪を切ったほうがいいみたい」わたしはだれにともなくいう。なぜこんなことをいっているんだろう？　髪を切りたいなんて思ってない。トイレにこもってしまいたい。

彼は反応しない。トレイをベッドのほうへ運んでくる。グラスの水とお皿の食べ物を見て、わたしは初めてどれだけ空腹だったか気づく。最後に食べたのがいつだったか、思い出せない。撃たれた傷を治してもらったときに注ぎこまれたエネルギーだけで、いままで生き延びていたのだ。

「すわれ」目を合わせずにいうと、ウォーナーはあごで床を指し、カーペットの上にすわった。わたしも彼の向かいにすわる。彼はトレイをこちらへ押しやった。

「ありがとう」わたしはお礼をいって食事を見る。「おいしそう」

ドレッシングで和えたサラダと、色とりどりの香りのいいライス。サイの目に刻んで香辛料をふったジャガイモに、蒸した野菜が少し。小さなカップ入りのチョコレート・プディングがひとつ。カット・フルーツがひと皿。水の入ったグラスがふたつ。

初めてここに連れてこられたときなら、こんな食事、軽蔑《けいべつ》しただろう。

あの頃、いま知っていることを知っていたら、ウォーナーがくれたあらゆる機会を利用していただろう。きっと出された食事を食べ、用意された服を着て、体力をつけ、彼が基地のなかを見せてくれたときは注意深く観察していたはずだ。逃げ道を探し、居住区へ連れていってもらう口実を探し、逃亡していただろう。自力で生きていく方法を見つけ、アダムを巻きこんだりしなかったはずだ。自分やほかの多くの人たちを、こんな事態に陥《おとしい》れることはなかったに違いない。

あの頃、素直に食事を食べていれば。

当時のわたしは、おびえて打ちひしがれた女の子で、自分の知っている唯一の方法で抵抗していた。うまくいかなかったのも無理はない。頭もまともじゃなかった。恐怖と衰弱にさいなまれ、可能性を信じられなかった。密《ひそ》かなやり方も、巧みな工夫も、経験がなかった。人との関わり方もほとんど知らず——自分の考えていることもろくにわかっていなかった。

この数ヵ月で自分がどれだけ変わったかを考えると、衝撃《しょうげき》的だ。完全に違う人間になった気がする。なんだか、前より鋭くなった。確実にタフになった。そして生まれて初めて、自分が怒っていることを抵抗なく認められる。

解放された感じ。

ウォーナーの視線を感じて、ふと顔を上げると、彼が興味を引かれた顔で魅入《みい》られたようにこちらを見つめていた。「なにを考えている?」

わたしはジャガイモの欠片《かけら》をフォークで刺す。「温かい食べ物を拒否するなんて、あの頃のわたしはバカだったなって」

彼は片方の眉を上げる。「そんなことはない、とはいえないな」

わたしは彼をにらむ。

「ここに連れてこられたときのおまえは、かなりまいっていた」彼は大きく息を吸う。「わたしはひどく不安だった。おまえが正気を失い、夕食の席でテーブルに飛びのったり兵士に殴りかかったりし始めるのをずっと待っていた。誰彼かまわず殺そうとするだろうと確信していた。ところが、おまえは頑固《がんこ》で気難しく、汚れた服を着替えるのを拒み、皿にのった野菜を食べたくないと文句をいった」

わたしは赤くなる。

「最初は」ウォーナーは笑ってつづける。「なにか企んでいるのだろうと思った。大きな企みからわたしの目をそらすために、愛想のよいふりをしているのだろうと思った。ささいなことに怒ってみせるのは策略だろうと思っていた」目が笑っている。「そうに違いないと思っていた」

わたしは腕組みをする。「いきすぎた贅沢《ぜいたく》にうんざりしたの。人々が飢え死にしているときに、軍ではとんでもないお金が浪費されているんだもの」

ウォーナーは片手をふって、首を横にふる。「そこはどうでもいい。大事なのは、わたしがそういうものをあたえたのは、姑息《こそく》な計略があってのことではないということだ。試すためでもなかった」笑い声を上げる。「おまえをあおろうとか、良心を試してやろうと思ったわけでもない。わたしは親切にしているつもりだった。おまえはみじめな生活を強いる劣悪な施設から来た。だから、まともなマットレスで寝かせてやりたかった。安心してシャワーを使わせてやりたかったし、清潔で美しい服を着せてやりたかった。それに、おまえには食事が必要だった。ほとんど飢え死にしかかっていたからな」

わたしは体を強ばらせる。少しだけ心がほぐれる。「そうかも。でも、あなたはどうかしてた。なにもかも支配したがった。わたしにほかの兵士と話もさせてくれなかった」

「あの連中はケダモノだからだ」意外なほど鋭い口調。

驚いて顔を上げると、怒りに燃えるグリーンの瞳《ひとみ》と目が合った。

「おまえは、人生の大半を閉じこめられてすごしてきた。自分がどれほど美しいか、それが人にどんな影響をおよぼすか、知る機会がなかった。わたしはおまえの安全を気にかけていたのだ。おまえは内気でか弱く、生活している基地には、おまえの三倍くらいでかくて完全武装した孤独でバカな兵士がうじゃうじゃしていた。やつらにおまえに手を出させたくなかった。ジェンキンズを使っておまえに派手な見世物をやらせたのは、兵士たちにおまえの能力を見せつけておきたかったからだ。おまえは手に負えない、近づかないほうがいい――と証明しておく必要があったからだ。わたしはおまえを守ろうとしていたんだ」

わたしは彼の切実な眼差しから目をそらせない。

「わたしのことなど、ほとんど考えたことがないんだな」ウォーナーはショックを受けたように首をふる。「そこまで憎まれているとは、思いもしなかった。おまえを助けようとしてやってきたことすべてが、そこまで疑われていたとは」

「なにを驚いているの？　あの頃のわたしには、あなたに最悪のことをされる覚悟をするしかなかったのよ。あなたは傲慢《ごうまん》で手荒で、わたしをまるで所有物のように扱った――」

「そうするしかなかったからだ！」彼がさえぎる。まったく悔いていない。「自分の部屋にいるとき以外は、わたしの一挙手一投足――口にするすべての言葉は――監視されている。ある種の人格を維持しなければ、自分の人生そのものが危うくなるのだ」

「じゃあ、あなたが額を撃った兵士は？　シェイマス・フレッチャーは？」わたしはまた怒りにかられて、いい返す。人生に怒りを受け入れたいまでは、怒りはごく自然に湧《わ》いてくるものだとわかる。「あれも、あなたの計画の一部だったっていうの？あ、待って。いわないで――」わたしは片手を上げて、彼を止める。「――ただのシミュレーションだった。そうでしょ？」

ウォーナーは硬直する。

体を引いて口元をひくつかせ、悲しみと怒りの混じった目でこちらを見る。「いや」やっと答えた声は、耐えがたいほどやさしい。「あれはシミュレーションではない」

「それで、なんとも思わないの？」わたしは詰問する。「ほんの少し食べ物を盗んだだけの人を殺しておいて、なんの後悔もないの？　彼はただ生き延びようとしただけよ。あなたと変わらない」

ウォーナーは一瞬、唇を噛んだ。ひざの上で両手を組む。「驚いたな。ずいぶん性急に彼の弁護に飛びつくものだ」

「彼はなにも悪くなかった」わたしはうったえる。「死ななきゃならないほどのことなんて、なにもしていない。あんなふうに殺されなきゃならないことなんて、していなかった」

「シェイマス・フレッチャーは」ウォーナーは開いた両の手のひらを見つめて、冷静にいう。「酔っぱらうと妻子に暴力をふるう、ろくでなしだった。妻と子どもたちに二週間も食事をあたえていなかった。九歳の娘の口を拳骨《げんこつ》で殴り、前歯二本とあごの骨を折った。妻は妊娠中に激しい暴力を受け、お腹の子を失った。ほかに七歳の男の子と五歳の女の子がいるが」そこで言葉を切る。「ふたりとも、やつに腕を折られている」

わたしの食事は手つかずのままだ。

「わたしは担当地域の市民の生活を、注意深く監視している」ウォーナーはつづける。「彼らがどんな人間で、どうやって生活しているのかを知っておきたくてな」肩をすくめる。「気にするべきではないのだろうが、気になるんだ」

わたしはもう二度と口を開けることはないんじゃないか、と思っている。

「わたしは何らかの道徳的基準に従って生きていると主張したことはない。自分は正しいとか善人だとか主張したことはないし、自分の行動を正当化したいとすら思ったことはない。そんなことはどうでもいい、それがありのままの真実だ。わたしはこれまで恐ろしいことをさせられてきた。ジュリエット、おまえに許しを乞《こ》う気もなければ、認めてほしいとも思わない。日々、本能にしたがって行動するのを強いられているときに、良心の呵責《かしゃく》について思索《しさく》にふける贅沢《ぜいたく》などないからな」

ウォーナーはわたしの目を見つめる。

「好きなように判断しろ。だが、わたしは許せないんだ」きっぱりいう。「自分の妻を殴るような男や、わが子に手を上げるような男は」ウォーナーの息遣いが荒くなっている。「シェイマス・フレッチャーは自分の家族にさんざん暴力をふるっていた。それをおまえがどう呼ぼうとかまわない。だがわたしは、妻の顔を壁に叩きつけるような男を殺しても後悔《こうかい》などしない。九歳の娘の口を殴りつけるような男を殺しても、これっぽっちも後悔しない。気の毒だとも思わない。あやまる気もない。なぜなら、そんな男が父親なら、子どもは父親などいないほうが幸せだからだ。そんな男が夫なら、妻は夫などいないほうが幸せだからだ」彼の喉《のど》が大きく動く。「わたしにはわかる」

「ごめんなさい――ウォーナー、わたし――」

彼は片手を上げてわたしを止める。気持ちを落ち着け、手付かずの料理をじっと見つめる。「この話は前にもしたな、ジュリエット、悪いがもう一度いわせてもらう。

おまえは、わたしがどんな決断を強いられているのか、わかっていない。わたしがこれまで見てきたこと、来る日も来る日も無理やり目撃させられてきたことがどんなものか、おまえは知らない」少し、ためらう。「おまえには知ってほしくない。だが、わたしの行動を理解しているなどと思うな」ウォーナーはやっとわたしと目を合わせる。「そんなふうに思えば、失望するだけだ。そしてもし、まだわたしの人格をあれこれ推測するつもりなら、ひとつだけいっておこう。おまえの推測は常に間違っているだろう」

ウォーナーは驚くほど優雅にすっと立ち上がった。スラックスのしわをのばし、両袖《そで》をまた押し上げる。「おまえの衣装簞笥《たんす》はわたしのクローゼットに移動させておいた。気に入れば、そこに入っている服に着替えるといい。ベッドとバスルームは使っていい。わたしは仕事がある」そして、つけたす。「今夜は、自分のオフィスで寝るよ」

彼はオフィスへつづくドアを開け、なかに入って鍵をかけてしまった。

料理はすっかり冷めている。

食欲は失せてしまったけれど、ポテトをつつき、無理に食べきる。わたしはとうとうウォーナーにいいすぎてしまったのではないか、と考えずにいられなくなってきた。打ち明け話も、今日のところはおしまいだろうと思っていた。けれど、また間違いだった。まだ知らないことがどれだけ残っているのか、これからの数日間でウォーナーについてどれだけ知ることになるのか、考えずにいられない。数日どころか、数ヵ月かもしれない。

怖い。

ウォーナーについて知れば知るほど、彼を拒否しなければならない理由がなくなっていく。彼はわたしの前でほどけていき、まったく別のなにかになって、思いもつかない方法でわたしを怖がらせる。

わたしに考えられることは、これだけ。いまはだめ。

ここじゃだめ。不確かなことばかりのいまは、だめ。わたしの感情が、タイミングを見定める重要性をわかってくれたらいいのだけれど。

わたしがどれだけ憎んでいるか、ウォーナーが気づいていないなんて思わなかった。

いまなら、彼が自分自身をどう見ているか、自分の行動を悪いことだとか犯罪だとかまるで思っていないことも、以前よりは理解できる。たぶんウォーナーは、わたしが彼に都合のいいように解釈すると思ったのだろう。彼がわたしの心を簡単に読めるように、わたしも彼の心をたやすく読めると思ったのだろう。

けれど、わたしには読めなかった。読まなかった。ということは、彼を失望させることができたのだろうか？　どうなんだろう？

それを、つい気にしてしまう。

ため息をついて、やっと立ち上がる。はっきりしない自分の気持ちがいやになる。彼に肉体的な魅力を感じていることは否定できないのに、彼に対する最初の印象はまだふり払えないからだ。急に気持ちを切り替えて、彼を自分勝手な怪物ではないと認めるのは、容易じゃない。

ウォーナーも普通の人間だという考えに慣れるには、時間が必要だ。

考えるのは、もううんざり。いましたいのは、シャワーを浴びることだけ。

重い足取りでバスルームの開いたドアへ歩きだしたところで、ウォーナーの言っていた服のことを思い出した。わたしの衣装簞笥《たんす》は彼のクローゼットに移されているんだった。クローゼットのドアはどこにあるのかと見回しても、彼のオフィスの鍵のかかったドアしか見つからない。ノックして直接聞いてみようか。ちらりとそんな気になったものの、思い直して室内の壁をよく調べてみる。クローゼットがこんなに見つけにくいなら、どうしてウォーナーはちゃんと説明してくれなかったんだろう。そのとき、見つけた。

スイッチがある。

ボタンみたいなものだけれど、平たくて壁と一体化していて、その気になって探さなければまず見つからない。

ボタンを押す。

壁のパネルが横にスライドする。敷居をまたいでなかに入ると、自動的に明かりがつく。

この部屋より大きいくらいのクローゼットだ。

壁と天井に張られた白い石のタイルが、上に埋めこまれた蛍光灯の下で輝き、床は厚い東洋風の敷物におおわれている。ちょうど真ん中に置かれた、明るい翡翠《ひすい》色の小さなスエード張りのソファは少し変わっていた。背もたれがなく、特大のオットマンみたい。そしてなにより奇妙なのは、一枚も鏡がないこと。その場で回転しながら目を走らせる。きっと、当たり前すぎて見過ごしていたに違いない。この空間の細かいところに気を取られ、肝心の洋服のことを忘れるところだった。

服、服、服。

どこを見ても服がある。まるでアート作品のように飾られている。壁に造りつけのつややかなダークウッド製の棚《たな》には、靴が何段もならんでいる。そこ以外はすべて服を吊るすラックになっていて、どの壁にもさまざまなタイプの服が収められている。

なにもかも、カラーコーディネイトされている。

彼が持っているコート、靴、ズボン、シャツは、わたしがこれまでの人生で見てきた服や靴の数より多い。ネクタイ、蝶ネクタイ、ベルト、マフラー、手袋、カフリンク。美しい高価な生地が使われている――シルクの混紡、糊《のり》のきいた木綿、柔らかいウールにカシミヤ。ドレスシューズや滑らかな革のブーツは、磨かれて完璧に手入れされている。落ち着いた色合いのオレンジのピーコートに、濃紺のトレンチコート。冬物のダッフルコートは、目の覚めるような深紫色だ。そんなさまざまな生地を、わたしは思いきってなでてみる。このなかで、彼が実際に身に着けたものはどれくらいあるんだろう？

驚きだ。

ウォーナーが自分の身なりにプライドを持っているのは、前からよくわかっていた。彼の服装には一分の隙《すき》もない。どの服も、あつらえたようにフィットしている。彼がわたしの服にあんなにもこだわっていた理由が、これでようやくわかった。

わたしに恩を着せようとしていたわけじゃない。

自分が楽しんでいたのだ。

エアロン・ウォーナー・アンダースン。第45セクターの最高司令官兼首長にして、再建党総督の息子。

彼はファッションに目がない。


最初のショックがおさまってくると、以前使っていた衣装箪笥《たんす》はすぐ見つかった。部屋の隅《すみ》に無造作に置かれていて、なんだかかわいそうになる。場違いなところに置かれて、完全に浮いている。

わたしは引き出しのなかを手早く探し、清潔な服に着替えられることを初めてありがたく思う。わたしが基地に来る前から、ウォーナーは必要になりそうなものをすべて用意してくれていた。衣装箪笥はワンピースやシャツやズボンでいっぱいだけれど、靴下やブラや下着も入っている。こんなものまで用意されると恥ずかしくなっていいはずなのに、なぜかそんな気持ちは湧《わ》いてこない。下着はシンプルでひかえめなデザインだった。ごく普通の機能的な木綿の下着。彼はわたしのことを知る前から、こういうものを買っておいたのだ。そこに親密な意味はまったくないとわかるから、わたしは恥ずかしさを感じずにすむのだろう。

小さいTシャツと、木綿のパジャマのズボンと、新品の下着類を持って、クローゼットからそっと出る。とたんにクローゼットの明かりが消える。わたしは壁のボタンを押して、入り口を閉めた。

新たな目で彼の部屋を見回し、この小さめのありふれた空間にもう一度目を慣らす。ウォーナーの部屋は、基地でわたしが使っていた部屋とそっくりだ。いつも、なぜだろうと思っていた。その人らしさがどこにもないのだ。写真もなければ、雑多な小物ひとつない。

ところがとつぜん、はっきりわかった。

彼にとって、この部屋はなんの意味もないんだ。眠るだけの場所。けれどクローゼットは――彼の個性であり、彼の作品なのだ。たぶん、この部屋で彼が気にかけている空間は、クローゼットだけだろう。

そう思ったら、オフィスはどんなふうなのか気になってきた。視線がオフィスのドアへ動いたところで、彼がなかから鍵をかけていたことを思い出す。

わたしはため息を押し殺し、バスルームへ向かう。シャワーを浴びて、着替えて、さっさと眠ってしまおう。今日という一日は、何年にも感じられる。そろそろ終わりにしたい。うまくいけば、明日はオメガポイントへ戻って、ようやくいくらか前進できるだろう。

けれど、次にどんなことが起ころうと、どんな発見をしようと、わたしはぜったいにアンダースンに近づいてみせる。たとえ、ひとりで行くしかないとしても。

悲鳴を上げられない。

肺がふくらんでくれない。小さくしか息ができない。胸が苦しくて、喉《のど》はふさがり、叫ぼうとしても叫べない。あえぐような息遣いが止まらない、腕をばたばたさせて必死で息をしようとしても、まるで効果がない。わたしの声はだれにも聞こえない。わたしが死にかけていること、胸に開いた穴から血と痛みととても耐えられない苦しみがあふれていることは、だれにも知りようがない。しかも、たくさんあふれてくる。たくさんの熱い血がわたしのまわりにたまっていって、わたしは、わたしは、息ができない――

「ジュリエット――ジュリエット、いい子だ、起きて――目を覚ますんだ――」

がばっと起き上がった勢いで、思わず体を折り曲げる。深く、激しく、肩で息をする。なにがなんだかわからず、肺に酸素を取りこめた強い安堵《あんど》感で、しゃべれない。せいいっぱい息を吸いこもうとすること以外、なにもできない。全身が震え、肌はじっとりと汗ばみ、熱いから冷たいへ急激に変わっていく。気持ちを落ち着かせることができない、静かに流れる涙を止められない、悪夢を、記憶を、ふり払えない。

空気を求めてあえぐのを止められない。

ウォーナーの両手が、わたしの顔を包む。彼の肌の温《ぬく》もりのおかげで、なんとか落ち着いてきて、わたしはやっと心臓の鼓動《こどう》が速度を落とし始めるのを感じる。「こっちを見ろ」と彼がいう。

わたしはなんとか彼と目を合わせ、震えながら息をつく。

「それでいい」彼はわたしの頬《ほお》を包む手を離さない。「悪い夢を見ただけだ。口を閉じて。鼻から息をするんだ」彼はうなずく。「その調子だ。リラックスして。だいじょうぶ」その声はとても穏やかで、とても美しく、なぜかとてもやさしい。

わたしは彼の目から目を離せない。まばたきするのが怖い、悪夢に引き戻されるのが怖い。

「おまえが回復するまで放さないから、心配するな。ゆっくりでいい」

わたしは目を閉じる。心臓の鼓動《こどう》が普段のペースに戻っていく。強ばっていた筋肉がゆるみ始め、両手の震えが止まる。泣きじゃくっているわけではないのに、頰《ほお》をつたう涙を止められない。ところがそのとき、体のなかでなにかが壊れた。体の内側から崩壊していく。わたしは急にひどい疲れを感じて、これ以上起きていられなくなる。

なぜか、ウォーナーにはそれがわかったようだった。

わたしをヘッドボードにもたれさせ、肩まで毛布をかけてくれる。わたしは震えながら、頰《ほお》の涙をぬぐう。ウォーナーはわたしの髪をなでる。「だいじょうぶだ。心配いらない」

「あ、あなたも、眠るんじゃないの？」いま何時だろう？　彼はきちんとした服装のままだ。

「わたしは……ああ、寝るとも」彼は答える。こんなに薄暗いのに、わたしには彼の目に驚きがよぎるのが見えた。「最終的には寝るが、これほど早い時間にベッドに入ることはあまりない」

「え、そうなの」わたしは驚いてまばたきする。呼吸は少し楽になってきた。「いま何時？」

「午前二時だ」

今度はわたしが驚く番だ。「あと二、三時間で起きなきゃならないじゃない」

「ああ」彼の唇《くちびる》にほほえみのようなものが浮かぶ。「だが、わたしは眠るべきときしか眠れないんだ。頭のスイッチを切れないようでね」一瞬にやりとすると、すぐに背を向けて出ていこうとする。

「行かないで」

よく考えもしないうちに、言葉が口から滑り出ていた。なぜそんなことをいってしまったのか、わからない。たぶん、遅い時間だし、まだ震えているからだろう。それに彼がそばにいてくれれば、悪夢は寄ってこない気がする。それとも、悲しみにくれる弱いわたしには、いま友だちが必要なのかもしれない。自分でもよくわからない。けれど、暗闇やこの時間の静けさには、なにかがあると思う。独特の言語を作りだしている気がする。暗闇には奇妙な種類の自由があって、人は無防備になってはいけないときに恐ろしく無防備になったり、暗闇が秘密を守ってくれると思いこんだりする。暗闇は毛布ではないということを忘れ、すぐに日が昇ることを忘れてしまう。けれどその瞬間は、少なくとも、明るいところではけっしていわないことを口にする勇気が出るものだ。

ウォーナーは別。彼はなにもいわない。

一瞬、彼は驚いた顔をする。だまったままおびえたようにわたしを見つめ、呆然《ぼうぜん》として口もきけない。わたしは前言を撤回《てっかい》して毛布にもぐりこもうとする。そのとき、彼に腕をつかまれた。

わたしは動かない。

彼はわたしを引き寄せ、胸に押しつける。そっと両腕を回してくるようすは、こういっているかのようだ――いやなら逃げてもいいんだよ、怒りはしない、おまえの好きなようにすればいい。けれどわたしは安心と温《ぬく》もりに包まれ、圧倒的な満足を感じていて、このひとときを楽しんではいけない理由がひとつも思い浮かばない。もっと体を押しつけて、彼の柔らかいシャツに顔をうずめる。するとわたしに巻きつけられた彼の腕に力がこもり、彼の胸が大きく上下しはじめる。わたしの両手が彼のお腹に触れると、手の下で筋肉が強ばるのがわかった。わたしは左手を彼の胸へ滑らせ、背中を上へなでていく。ウォーナーは凍りつき、わたしの耳の下で鼓動《こどう》を高鳴らせる。わたしが目を閉じたちょうどそのとき、彼が息を吸おうとしているのが伝わってきた。

「いや、まずい」彼はさっと身を引いて逃れる。「こんなことはできない。耐えられない」

「え？」

彼はすでに立ち上がっていて、わたしにはそのシルエットしか見えない。シルエットは震えている。「こんなことをつづけるわけにはいかない――」

「ウォーナー――」

「前回はうまく切り抜けられると思っていた。おまえを手放し、そのことでおまえを憎めると思っていた。だが、できない。おまえがこんなにも難しくするからだ」ウォーナーはつづける。「おまえはずるい。のこのこ現れて、撃たれるようなことをする。しかも、そうすることで、わたしの心を打ち砕く」

　わたしはじっとしていようとする。
音を立てないようにしようとする。
けれど、頭のなかで思考の暴走が止まらず、心臓は鼓動《こどう》をやめようとしない。ウォーナーはたった二言三言で、わたしが彼にしたことを忘れようとしていた必死の努力をはぎ取ってしまった。

　どうしていいかわからない。

　ようやく目が暗さに慣れてきて、まばたきすると、彼がじっとわたしの目を見つめていた。まるでわたしの心のなかが見えるみたい。

でも、わたしには覚悟ができていない。まだ。まだ。こういうことには、まだ。なのに、いろんな感情がこみ上げてきて、彼の手や腕や唇《くちびる》のイメージが心に押し寄せてきて、そんな思いを払いのけようとしても払いのけることができない。彼の肌の匂いと、彼の体をあきれるほどよく知っていることを無視できない。彼の胸の鼓動《こどう》が聞こえ、唇の動きに緊張が見え、彼のなかに静かにたくわえられた力を感じる。

とつぜん、彼の表情が変わった。心配している。

「どうした？　怖いのか？」

わたしは驚き、呼吸が速くなる。彼がわたしの気持ちに漠然《ばくぜん》としか気づいていないことをありがたく思う。それ以上気づかれなくてよかった。わたしは一瞬、いいえと答えたくなる。いいえ、怖くない。

ただ、体がすくんでいるだけ。

あなたの近くにいると、大きな影響を受けてしまうの。奇妙な影響、わけのわからない影響、どきどきさせられて体を三つ編みにされるような気がする。ポケット一杯の句読点がほしい。彼がわたしの頭に押しこんでくるいろんな思いを締めくくる句読点が。

けれど、そういうことはひとつも口に出さない。

代わりに、すでに答えを知っている質問をする。

「どうしてわたしが怖がっていると思うの？」

「震えているじゃないか」

「あら」

ふたつの文字とその小さく驚いた音が、わたしの口からまっすぐ飛び出し、ここから遠く離れたところへ逃げ場を求めていく。こういうとき、彼から目を背ける力があればいいのに。わたしは願いつづける。頰《ほお》がすぐ真っ赤になったりしなければいいのに。わたしったら、くだらないことばかりお願いしている。

「ううん、怖いわけじゃない」やっとのことで答える。でも、彼には本当に離れてもらいたかった。そのくらいのお願いは、どうしても聞いてもらいたい。「ただ、驚いただけ」

彼はだまっている。やがて、目でわたしに説明を求める。とても短い時間に、彼はわたしにとってよく知っている人にも、知らない人にもなる。彼はこういう人だとわたしが思うとおりの人にもなれば、まったく違う人にもなる。

「あなたは世間に、自分のことを血も涙もない殺人者だと思わせてる。ほんとはそんな人じゃないのに」

彼は一度だけ笑い、眉毛《まゆげ》を上げて驚いた顔をする。「いいや。あいにく、わたしはごく普通の殺人者だ」

「でも、なぜ――なぜ、そんなに無慈悲な人間のふりをするの？　どうして、世間の人にそういう人間と思わせておくの？」

ウォーナーはため息をつく。巻き上げた袖《そで》をまたひじの上まで押し上げる。わたしは彼の動作を目で追わずにいられない。目はいつまでも彼の前腕を見つめてしまう。そして初めて気づいた。ほかの兵士はみんな軍人のしるしのタトゥーを入れているのに、彼の腕にはない。なぜ？

「そんなことが重要か？」彼はいう。「人にはいくらでも好きなように考えさせればいい。彼らに認めてもらいたいなどとは思わない」

「じゃあ、世間からひどい非難を受けても気にならないの？」

「わたしには、良い印象を持ってもらいたい人間などいない。この身にふりかかることを心配してくれる人間もいない。友人を作ることなど興味がないんだよ、ジュリエット。わたしの仕事は軍隊を率いることであり、それがわたしの唯一得意なことでもある」ウォーナーはつづける。「わたしの成し遂げたことを誇りに思ってくれる人などいない。母はもう、わたしが誰かもわからない。父はわたしを軟弱で哀れだと思っている。部下の兵士たちは、わたしなど死ねばいいと思っている。世界はめちゃくちゃになっていく。そしておまえとの会話が、わたしがこれまで話したことのあるいちばん長い会話だ」

「えっ——本当に？」わたしは目を丸くする。

「本当だ」

「こんなにいろんなことを話してくれるってことは、わたしを信じてくれてるってこと？　どうして、わたしに秘密を打ち明けてくれたの？」

とつぜん、彼の目が暗く、光が消えたようになる。彼は壁のほうを向いた。「やめてくれ。すでに知っていることを聞くのはやめろ。これまで二度、おまえに心を開いて得たものは、銃弾と絶望だけだ。わたしを苦しめるのはやめてくれ」彼はふたたびわたしと目を合わせる。「いくらわたしのような人間が相手でも、それは残酷だ」

「ウォーナー」

「わからない！」彼はついに冷静さを失い、声を荒げた。「アダム・ケントのやつが」吐き捨てるようにいう。「いったい、おまえになにをしてやれたというんだ？」

わたしは不意打ちの質問に驚いて、一瞬言葉を失う。アダムがどうなったのかも知らないし、彼がどこにいるのか、わたしたちの未来になにが待ち受けているのかもわからない。いまのわたしは、彼はなんとか生き延びてくれているという希望にすがるしかない。アダムはどこかで、困難に負けずに生き残っている。いまのところは、そう確信するだけでじゅうぶんだ。

だから、深く息を吸いこみ、ふさわしい言葉を探す。もっと大きくて重要な問題がたくさんあると説明するのにいい言葉を。ところが顔を上げると、ウォーナーはまだじっとこちらを見つめていた。質問の答えを待っているのだ。いままでずっとこらえてきたのがわかる。そのことで心を苛《さいな》まれてきたに違いない。

わたしは彼に答えるべきだと思う。彼にしたことを考えれば、よけいにそう思う。だから大きく息を吸いこむ。

「どう説明していいかわからないの。彼は……やっぱりわからない」わたしは自分の両手を見つめる。「アダムは初めてできた友だちだった。わたしに敬意を持って接してくれた、初めての人だった。初めて――わたしを愛してくれた人だったの」少しだまる。「彼はいつもやさしくしてくれた」

ウォーナーはひるんだ。衝撃《しょうげき》に目を見開く。「やつはおまえにいつも、そんなにやさしかったのか？」

「ええ」わたしは小さな声で答える。

ウォーナーはとげとげしい虚《うつ》ろな笑い声を上げる。

「まったく、驚きだよ」ドアを見つめ、片手で髪をつかむ。「この三日間、ずっとこの疑問に苛《さいな》まれてきた。おまえは喜んでわたしの胸に飛びこんできた。それなのに、最後の瞬間にわたしの心を引き裂いたのはなぜか？　それも、いくらでも取り換えの利くつまらないロボットのような男のために、なぜ？　それを必死で理解しようとしてきた。きっとなにか大きな理由があるに違いない。わたしが見過ごしていたなにかが、わたしには計り知れないなにかがあるに違いないと、ずっと思っていた」

ウォーナーはつづける。「そして、受け入れる覚悟をした。受け入れなければならないと思っていた。その理由は深淵《しんえん》で、わたしの理解を越えたものだと思ったからだ。おまえが並はずれたすばらしいものを見つけたのなら、わたしは喜んでおまえを手放すつもりだった。わたしには理解しえない方法でおまえを理解することのできる男が現れたなら、あきらめるつもりだった。おまえはわたしにはもったいない、わたしよりもっとすばらしいものをあたえられる者にこそふさわしい、そう自分にいい聞かせてきた」首を横にふる。「その理由がこれか？」彼は驚いている。「そんな言葉か？　そんな説明か？　あいつを選んだ理由は、やさしくされたから？　哀れみをかけてもらったからだというのか？」

わたしは急に怒りにかられる。

急に屈辱《くつじょく》を覚える。

ウォーナーが図々しくもわたしの人生を批評する権利があると思っていることに、わたしから手を引いた自分を寛大だと思っていたことに、腹が立つ。わたしは険しい顔になり、両の拳《こぶし》を握りしめる。「哀れみなんかじゃない。彼はわたしを気にかけてくれる——わたしも彼を気にかけてる！」

ウォーナーはそれがどうしたという顔でうなずく。「犬でも飼うべきだな、ジュリエット。それくらいなら犬でもできる」

「なんて人！」わたしはベッドを押して勢いよく立ち上がったものの、足がふらつき、すぐ後悔《こうかい》した。ベッドの枠につかまって、なんとか体を支える。「わたしとアダムとの関係は、あなたにはなんの関係もない！」

「関係？」ウォーナーは笑い飛ばす。ベッドの向こう側からすばやく歩いてくると、少し距離を置いてわたしの前に立つ。「どんな関係だ？　だいたい、あいつはおまえのことを少しでも知っているのか？　おまえを理解しているのか？　おまえの求めているもの、恐れているもの、心に秘めている真実を、あいつは知っているのか？」

「それで？　あなたは知っているわけ？」

「知っていることは、おまえもよくわかっているはずだ！」ウォーナーは怒鳴り、責めるようにわたしを指さす。「それに、本当のおまえがどんな人間か、あいつには想像もつかないはずだ。命をかけてもいい、ぜったい知らない。おまえはあいつの気持ちのまわりを忍び足で歩き回って、あいつのかわいい女のふりをしているだけじゃないのか？　あいつがおまえを怖がって離れていくのを恐れているのだろう。あいつにしゃべりすぎるのを恐れている――」

「あなたはなにもわかってない！」

「いいや、わかっている」彼は突進してくる。「完全に理解している。あいつはおまえのおとなしい内気なうわべに惚《ほ》れているだけだ。昔のおまえに。いまのおまえにどんなことができるのか、あいつは知らない。追いつめられれば、おまえがどんなことをしかねないか、わかっていない」彼の手がわたしの首の後ろをなでる。彼が身を乗り出してくる。唇《くちびる》と唇の距離は、十センチもない。

　肺がどうにかなってしまいそう。

「おまえは臆病《おくびょう》者だ」彼がささやく。「わたしといたいくせに、恐れている。しかも恥じている。わたしのような人間を望んでしまう自分を恥じている、違うか？」彼がうつむくと、鼻と鼻が触れ、ふたつの唇の距離を一ミリ、二ミリとかぞえられる気がする。わたしは必死で集中しようとする、彼に腹を立てていることを思い出そうとする、なにかに腹を立てていたはず、なのに彼の口がわたしの口のすぐ前にあって、どうしたらふたりのあいだの空間をなくしてしまえるのかと考えてしまう。

「おまえはわたしをほしがっている」彼は穏やかにいい、両手がわたしの背中を上がってくる。「その思いに苦しんでいる」

わたしは後ろに下がって、彼の手をふりほどく。彼に反応してしまう体が恨《うら》めしい、こんなふうにばらばらになってしまう体がいやだ。関節がゆるみきっている。脚は骨抜きになってしまったみたい。酸素がほしい、まともに考えられる頭がほしい、どこかへ行ってしまった肺を探さなきゃ——

「おまえはつまらない同情などより、もっと多くのものをあたえられるにふさわしい」彼の胸が大きく動く。「おまえには生きる価値がある。積極的に生きていく価値がある」彼はまばたきもせず、わたしを見つめている。

「もう一度、本気で生きるんだ、ジュリエット。おまえが目覚めるときには、わたしがここにいる」

うつ伏せで目が覚めた。

枕に顔をうずめ、両手で柔らかい枕を抱えている。まばたきすると、かすんだ目にまわりのようすが見えてくる。ここはどこだっけ？　明るい日の光がまぶしい。周囲を見ようと頭を起こすと、髪が顔にかかった。

「おはよう」

わたしはなぜか驚き、ひどくあわてて起き上がると、理由もなく枕を胸に抱き寄せる。ウォーナーが完全に身支度を整えて、ベッドの足元に立っている。黒いズボンに、体にぴったりの灰色がかったグリーンのセーターを着て、両袖《そで》をまくり上げている。ヘアスタイルは完璧。眠気とまったく無縁な鋭い目は、グリーンの服に映えて信じられないほど明るく見える。彼は湯気を上げるマグカップを持って、ほほえみかけている。

わたしは弱々しく手をふる。

「コーヒーは？」彼はマグカップを差し出す。

わたしは怪しんで、まじまじとカップを見る。「コーヒーって、飲んだことないの」

「悪いものではない」彼は肩をすくめる。「ドゥラリューはこれに目がない。そうだよな、ドゥラリュー？」

わたしはベッドの上で思わず後ずさり、頭を後ろの壁にぶつけそうになった。年配のやさしそうな紳士が、部屋の隅《すみ》からこちらに笑いかけている。薄くなった茶色い髪とぴくぴくする口ひげに、なんとなく見覚えがある。以前、基地で見たことがあるのかもしれない。彼の横には、朝食用ワゴンがある。「正式にお会いできて光栄です、ミズ・フェラーズ」彼の声は少し震えているけれど、おびえているようすはまったくない。その眼差しは意外なほど誠実そうだ。「コーヒーはじつに良いものです。わたしは毎日飲んでいます。といっても、わたしのコーヒーはいつも――」

「クリームと砂糖を入れるんだよな」ウォーナーが苦笑いをする。彼の目は身内のジョークを聞いたかのように笑っている。「まあ、いい。だが砂糖を入れると、くどくなる。わたしは苦いほうが好みだ」ウォーナーはまたちらりとこちらを見る。「好きな飲み方を選ぶといい」

「どういうこと？」とわたし。

「朝食だよ」ウォーナーが答える。目を見ても、なにを考えているのかわからない。

「空腹だろう」

「その人はここにいてもいいの？」わたしは声をひそめたものの、ドゥラリューに聞こえているのはわかっている。「わたしがここにいることを知られてもいいの？」

ウォーナーはうなずく。説明はしてくれない。

「わかったわ。試してみる」

わたしはベッドの上を這《は》って、マグカップに手を伸ばす。ウォーナーの視線がわたしの動きを追っている。視線はわたしの顔から体へ移動し、わたしの両手両ひざの下にある乱れたシーツと枕を見る。最後にわたしと目が合うと、あわてて目をそらし、マグカップを差し出して、距離を置こうと部屋の向こうへ行ってしまう。

「それで、ドゥラリューはどこまで知ってるの？」わたしは年配の紳士をちらりと見る。

「どういう意味だ？」ウォーナーが片方の眉を上げる。

「ええと、彼はわたしが逃げようとしていることを知ってるの？」わたしも片方の眉《まゆ》を上げてみせる。ウォーナーはじっとこちらを見ている。「わたしを基地から出してくれるって約束したでしょ。だから、ドゥラリューはその件であなたに協力するために来てくれたのかなと思って。でも、そんなに大変なら、いつでも喜んで窓から出ていくわよ」わたしは首をかしげてみせる。「前は、それでうまくいったし」

ウォーナーは険しい目をして、唇《くちびる》を引き結ぶ。そうしてわたしをにらんだまま、すぐ横の朝食用ワゴンをあごで指す。「これが、今日おまえをここから脱出させる手段だ」

わたしはひと口目のコーヒーにむせてしまう。「え?」

「それが最も簡単で効率的な方法だ」ウォーナーはいう。「おまえは小柄で体重も軽いし、せまい空間に楽に入りこめるから、クロスパネルの下に隠れられる。わたしは自分の部屋で仕事をすることがよくある。ドゥラリューはときどきわたしのところに朝食を運んでくる。だれにも怪しまれない」

わたしは確証のようなものがほしくて、ドゥラリューを見る。

彼は真剣にうなずく。

「そもそも、どうやってわたしをここに運びこんだの?」わたしはたずねる。「そのときと同じ方法じゃ、なぜだめなの?」

ウォーナーは朝食の皿を見つめている。「あいにく、その方法はもう使えない」

「どういうこと?」わたしの体は急に不安に苛《さいな》まれる。「わたしをどうやってここに連れてきたの?」

「おまえはほとんど意識を失っていた。それで少々……工夫が必要だった」

「ドゥラリュー」

わたしの声に年配の男は顔を上げる。直接名前を呼ばれて、明らかに驚いている。

「はい、なんでしょうか？」

「どうやって、わたしをこの建物に運んだの？」

ドゥラリューはちらりとウォーナーを見る。ウォーナーの視線は壁を向いたまま動かない。ドゥラリューはわたしを見て、申し訳なさそうにほほえんだ。「われわれは──その、荷車で運んだんです」

「どんなふうに？」

「司令官」ドゥラリューはいきなりそういうと、ウォーナーのほうへ懇願の目を向けた。

「おまえを」ウォーナーはため息を押し殺して答える。「遺体収納袋に入れて運んだのだ」

わたしの体が恐怖に強ばる。「いま、なんて？」

「あのときのおまえは気を失っていたんだ、ジュリエット。われわれの選択肢《せんたくし》は限られていた。わたしが抱いて基地に運びこむわけにはいかないだろう」彼はわたしを見る。「戦闘でたくさんの死傷者が出ていた。われわれにも、敵にも。遺体収納袋なら、だれにも見咎《とが》められる心配がなかった」

わたしはあきれて彼を見つめる。

「心配するな」ウォーナーはほほえむ。「ちゃんと何ヵ所か空気穴を開けておいた」

「ご親切にどうも」とわたし。

「実際、親切だったんですよ」ドゥラリューの声がしてそちらを向くと、彼はわたしの態度にひどく驚いたようすでこちらを見ていた。「司令官はあなたの命をお救いになったんです」

わたしはひるむ。

コーヒーカップを見つめる。熱で頬《ほお》が赤くなっていく。いままで、わたしとウォーナーとの会話に聴衆がいたことはなかった。外部の人の目には、わたしたちの対話はどんなふうに映るんだろう？

「いいんだ」ウォーナーがいう。「彼女は恐怖を感じると、すぐ怒りだすタイプでね。ただの自己防衛反応だ。狭苦しい袋に入れられる自分を想像して、閉所恐怖症的傾向が誘発されたのだろう」

わたしは不意に顔を上げる。

まっすぐこちらを見つめているウォーナーの目は、無言の理解にあふれている。

わたしはつい忘れてしまうけれど、ウォーナーは他人の感情を察知できるのだ。つまり、彼にはいつでもわたしの本心が見える。しかも、その前後関係までわかってしまうほど、わたしを熟知している。

わたしの考えていることは、彼に筒抜け。

なのにどういうわけか——少なくとも、いまは——彼のそんなところがありがたい。

「はっ。よけいな口出しをして申し訳ありません、司令官」ドゥラリューは謝《あやま》った。

「遠慮なく、シャワーと着替えをすませるといい」ウォーナーがわたしにいう。「バスルームに服を用意しておいた——ワンピースはない」笑いを嚙み殺している。「われわれはここで待っている。ドゥラリューと二、三、話があるんでね」

わたしはうなずき、からみつくシーツを払いのけ、よろけながら立ち上がる。急に恥ずかしくなって、Tシャツの裾《すそ》を引っぱる。目の前のふたりの軍人にくらべると、自分の格好がひどくだらしなく思える。

少しのあいだ、ふたりを見つめてしまう。

ウォーナーがバスルームのドアを手で示した。

わたしはコーヒーを飲みながら歩いていく。ドゥラリューって何者？　ウォーナーは彼を信用しているようだけれど、いったいなぜ？　確か、ウォーナーは部下の兵士たちから死ねばいいと思われているという話だったのに。

ふたりの話を聞けたらいいのだけれど、ふたりとも慎重《しんちょう》に口をつぐみ、わたしがバスルームに入ってドアを閉めるまで口を開かなかった。

髪をぬらさないように気をつけて、手早くシャワーを浴びる。髪は昨夜洗ったし、今朝は身の引き締まる気温だ。今日外に出るのなら、風邪をひくような危険は冒《おか》したくない。とはいえ、ウォーナーのバスルームでシャワーを——しかもお湯のシャワーを——もっと長く浴びていたいという誘惑をふり払うのは大変だった。

棚の上にウォーナーが用意してくれていた服を取って、すばやく着替える。黒のジーンズ、柔らかい濃紺《のうこん》のセーター、清潔な靴下と下着。新品のテニスシューズもある。サイズはどれもぴったり。

当然だ。

何年もジーンズをはいていなかったので、デニムの生地に違和感がある。とても窮《きゅう》屈《くつ》だし、裾《すそ》のほうが細すぎる。ひざを曲げて、生地を少し伸ばさなくてはいけなかった。でも、セーターを頭からかぶって引っぱる頃には、そんな違和感もなくなっていた。前に着ていた特殊な服が恋しいけれど、やっぱりちゃんとした服を着るのは気分がいい。おしゃれなワンピースでもなく、カーゴパンツでもなく、レオタードみたいな服でもない。ただのジーンズとセーターって、普通の人みたい。奇妙に現実感がある。

ちらりと鏡をのぞき、自分の顔にとまどう。髪を後ろで結ぶものがあるといいのに。オメガポイントにいるあいだに、髪が顔にかからないように結んでおけるのが当たり前になっていた。わたしはあきらめのため息をついて、目をそらす。なるべく早く、一日をスタートさせられるといいのだけれど。バスルームのドアをわずかに開けたとき、話し声が聞こえた。

わたしはその場に凍りつき、耳をすませる。

「――安全の確認は？」

ドゥラリューが話している。

「失礼しました」年配の彼は急いでつけたす。「でしゃばるつもりはないのですが、心配せずにはいられ――」

「心配は無用だ。そのエリアをパトロールしている部隊がいないか、確認してくれればそれでいい。われわれはせいぜい二、三時間で立ち去る」

「はい、司令官」

沈黙。

そして
「ジュリエット」ウォーナーに呼びかけられて、危うくお尻がトイレにはまりそうになる。「出ておいで、ジュリエット。盗み聞きはよくない」

わたしはゆっくりバスルームを出る。熱いシャワーと、子どもじみた行為を見つかった恥ずかしさで、顔が赤くなる。急に、両手をどうしていいかわからなくなる。

恥ずかしがるわたしを、ウォーナーは楽しんでいる。「出発の準備はできたか？」

いいえ。

できてない。

とつぜん希望と恐怖に首を絞められ、呼吸しなさいと自分にいい聞かせなければならなくなる。すべての友だちの死と破滅に向き合う準備なんて、できていない。そんなの、できるわけがない。

それでも、「ええ、もちろん」と答える。

それがどんな形であらわれようと、現実に向き合う覚悟《かくご》を決める。

ウォーナーのいうとおりだ。

第45セクターのなかを運ばれるのは、思っていたよりずっと楽だった。わたしたちに気づく人はいなかったし、ワゴンの底はわたしには充分な広さで、快適にすわっていられた。

ドゥラリューがクロスパネルの一枚を開けたとき、ようやくどこにいるのかわかった。わたしはさっとあたりを見回し、この広い空間に置かれている戦車を目で記録していく。

「急いで」ドゥラリューが小声でうながし、いちばん近い戦車を指す。やがて戦車のドアが内側から押し開けられる。「急いでください。だれにも見つからないうちに」

わたしはいわれたようにする。

ワゴンの底から飛び出し、戦車の開いたドアへ走ると、よじのぼってシートにすわる。背後でドアが閉まった。ふり返ると、ドゥラリューがうるんだ目で心配そうに眉《まゆ》根《ね》を寄せてこちらを見ていた。戦車が動きだす。

わたしはもう少しで前に転がり落ちそうになる。

「体を低くしてシートベルトを閉めろ、ジュリエット。こういう戦車は乗り心地には配慮していない」

ウォーナーは笑顔でまっすぐ前を見つめている。黒い革手袋をはめ、青みがかった灰色のコートを着ている。わたしは席で頭を低くし、手探りでシートベルトを探して、できるだけしっかり体を固定した。

「じゃあ、どこにあるか知ってるのね？」

「もちろんだ」

「でも、あなたのお父さんは、あなたはオメガポイントのことをなにも覚えてこなかったといっていたわよ」

ちらりとこちらを見るウォーナーの目が、笑っている。「いま記憶が戻るとは、じつに都合のいいことだ」

「ちょっと待って――そもそも、どうやってオメガポイントを抜け出したの？　どうして見張りに捕まらなかったの？」

彼は肩をすくめる。「見張りには、自分の部屋を出る許可をもらったといった」

わたしは唖然《あぜん》として彼を見る。「嘘でしょ」

「事実だ」

「だとしても、どうして出口がわかったの？　見張りをうまくかわしても、オメガポイントは迷路のような場所よ――わたしはあそこで一ヵ月暮らしていたのに、どうなってるのかさっぱりわからなかった」

ウォーナーはダッシュボードの表示を確認する。わたしにはどんな機能があるのかわからないボタンをいくつか押す。「オメガポイントに運びこまれたとき、わたしは完全に気を失っていたわけではない。意識して入り口に注意を払うようにしていた。目印になるものを覚えられるだけ覚えてきた。入り口から医療棟へ運ばれる時間、さらに医療棟から自分の部屋へ運ばれる時間も記憶に刻んでおいた。キャッスルにトイレまで案内してもらうときも、毎回そうしていた。自分の周囲を注意深く観察し、自分が出口からどのくらいの距離にいるかを推測した」

「それじゃ――」わたしは顔をしかめる。「あなたは見張りから自分の身を守ることも、もっと早く逃げることもできたのね。なぜ、そうしなかったの？」

「もう話したじゃないか。あんなふうに閉じこめられるのは、一風変わった贅沢《ぜいたく》だ。おかげで数週間分の寝不足を取り戻せた。働く必要もなければ、軍隊内の問題に対処する必要もなかったんだからな。だが、いちばんの理由は」息を吐く。「わたしがしばらくオメガポイントにとどまっていたのは、毎日おまえに会えたからだ」

「えっ」

ウォーナーは笑って、一瞬目を閉じる。「おまえも本心では、あそこにいたくなかったんだろう?」

「どういう意味?」

彼は首を横にふる。「生き延びるつもりなら、周囲の環境に無関心ではいられない。自分の世話を他人に頼ることはできない。他人がうまく物事を処理してくれるなどと期待することはできないからな」

「いったい、なんの話?」

「おまえは気にしていなかった。おまえはあの地下施設でひと月以上、超自然的な能力を持つ抵抗勢力とともにすごした。世界を救うなどという壮大で高邁《こうまい》な理想をまくしたてる連中だ。それなのに、おまえは内部のようすすら知らなかったという。つまり、どうでもよかったのだ。参加する気などなかった。もしその気があったなら、自分の新しいすみかについて、できるだけくわしく知ろうと自発的に行動したはずだ。我を忘れて熱中したはずだ。だが、おまえは無関心だった。どうでもよかったからだ」

わたしは抗議しようと口を開けるけれど、しゃべらせてもらえない。

「責めているのではない」ウォーナーはつづける。「彼らの目標は非現実的だった。

体がどれだけ柔軟かとか、念力でいくつの物体を動かすことができるかといったことなど、どうでもいい。敵を理解していなければ――あるいは、もっと悪いことに、敵を見くびっていれば――敗北あるのみだ」口元に力がこもる。「わたしはずっとおまえに伝えようとしてきた。キャッスルは仲間を大量殺戮《さつりく》の場へみちびこうとしていた。楽観的すぎて、まともなリーダーとはいえなかったし、希望的観測が大きすぎて、悪条件が山積みになっているという論理的判断ができていなかった。そのうえ、再建党のことをろくに知らず、党が反抗する者たちをどう扱うか正しく理解していなかった」

　ウォーナーはつづける。「再建党は親切そうな表向きの顔を守ることになど、興味はない。彼らにとって、市民は労働力にすぎない。彼らが求めているのは、権力だ。自分たちが楽しむことだ。彼らは一般人の問題を解決することになど興味はない。一般人が自分の墓を掘っているときに、自分たちはできるだけ快適にすごしたいと思っているだけだ」

「そんなの、嘘」

「真実だ。それくらい単純なんだ。彼らにとっては、それ以外のことはすべてジョークにすぎない。書物も、芸術も、言語も。彼らはただ人々を怖がらせ、従順にしておき、個性をはぎとって――自分たちだけに仕える画一的な集団にしたがっているんだ。だから彼らは、あらゆる抵抗勢力を破壊できるし、今後も破壊していく。そしてそれこそが、おまえの仲間が完全には理解していなかった事実だ。だから、いま」彼はいう。「自分たちの無知の報いを受けた」

彼は戦車を止める。

エンジンを切る。

わたしのほうのドアを解錠する。

なのに、わたしはまだ現実に直面する覚悟ができていない。

オメガポイントはもう、だれにでも見つけられる。市民でも、民間人でも、目の見える人ならだれだって、第45セクターにできた巨大なクレーターの場所ははっきりわかる。

ウォーナーのいっていたとおりだ。

わたしはゆっくりシートベルトをはずし、たまらずドアハンドルに手を伸ばす。霧のなかを歩いているような、脚が水分をふくんだ粘土でできているような感じ。戦車の床から地面までの距離を誤って、よろけながら外に出る。

ここだ。

このなにもない荒れた土地の一画が、オメガポイントのあったあたりだ。キャッスルがかつては草木のしげる緑豊かな土地だったといっていた場所。オメガポイントを隠しておける理想的な場所といっていたところ。ただし、それは地球の環境が変わりはじめる前のことだ。異常気象が顕著《けんちょ》になり、植物が生き延びるのに必死になる前の話。いまでは、墓地になり果ててしまった。葉の落ちた木々、吹きすさぶ風、冷たく固い地面にはうっすらと雪が積もっている。

オメガポイントはもうない。

ただ地面に、直径一キロ半、深さ十五メートルの巨大な穴が開いているだけ。悲劇のあとの残骸と死と破壊をたたえた、大きな静寂《せいじゃく》の鉢。長年の努力の結晶が、ある特別な目標のために注がれた気の遠くなるほどの時間と労力が、人類を救うという計画が……。

一夜のうちに、消滅した。

強い風が服のなかに入りこんだかと思うと、わたしの体にくるりと巻きつく。凍《い》てつく手がズボンを這《は》い上がり、両ひざをつかんでぐっと引く。とつぜん、自分がどうしてまだ立っているのかわからなくなる。全身の血が凍って、砕けそうな気がする。わたしの両手は口をおおっているけれど、だれが手を口へ持っていったのかわからない。

重いものが両肩に落ちてきた。コートだ。

ふり向くと、ウォーナーがこちらを見ていた。手袋を差し出している。

わたしは手袋を受け取り、冷たくなった手にはめながら、いぶかしむ。どうして、まだ目が覚めないの？　なぜ、だれも起こしてくれないの？　だいじょうぶ、悪い夢を見ていただけ、なにも心配いらないといってくれないの？

まるで、体の中身をえぐりとられてしまった気分。だれかにスプーンで大事な内臓をごっそりえぐりとられ、空っぽになってしまったみたい。ただの抜け殻になったみたい。どうにも信じられない。だって、こんなのありえない。

オメガポイントが。

ない。

完全に破壊されてしまった。

「ジュリエット、伏せろっ――」

2 再会

　ウォーナーがわたしを地面に押し倒した瞬間、たてつづけに銃声がひびいた。

　彼の腕がわたしの下敷きになっている。彼はわたしの上におおいかぶさり、いきなり降りかかってきた危険から、体を張ってわたしを守ってくれている。わたしの胸はうるさいくらい高鳴っているけれど、耳元でささやくウォーナーの声はなんとか聞こえる。「だいじょうぶか?」彼はわたしをさらに強く引き寄せる。

　わたしはうなずこうとする。

「伏せたまま、動くな」

　わたしは動くつもりはなかったから、だまっている。

「**彼女から離れろ、このろくでなし――**」

　わたしの体が硬直する。

　その声。その声を知っている。

雪と氷と土を踏みしめて、足音が近づいてくる。わたしを抱きしめるウォーナーの腕の力がゆるむ。銃に手を伸ばしているのだ。

「ケンジ——だめ——」声を張り上げようとしても、わたしの声は雪に吸いこまれてしまう。

「立て！」ケンジは怒鳴り、まだ近づいてくる。「立て、卑怯者《ひきょうもの》！」

わたしは完全にパニックに陥《おちい》る。

ウォーナーの唇《くちびる》がわたしの耳をかすめる。「すぐ戻る」

わたしが止めようとした瞬間、ウォーナーの体の重みが消えた。彼の体がなくなった。完全になくなってしまった。

わたしはあわてて立ち上がり、ふり返る。

その目がケンジに留まる。

ケンジはその場に立ちつくし、とまどいの表情であたりに目を走らせている。わたしは彼に会えたうれしさで、ウォーナーのことが頭から吹き飛んでしまう。泣きそうになりながら、ケンジの名前を叫ぶ。

ケンジの目がわたしの目をとらえる。

ケンジは勢いよく走りだし、近づいてきて、わたしをハグした。血流が止まりそうなほど強く抱きしめる。「いやあ、まさか、あんたに会えるとはなあ。よかった、よかった」彼は息もつかずにそういうと、さらに強く抱きしめる。

大きな安堵《あんど》と驚きに包まれて、わたしも彼にしがみつく。目をぎゅっとつむっても、涙が止まらない。

ケンジは体を離してわたしの目を見る。彼の顔は苦悩と喜びに輝いている。「こんなところで、なにやってんだ？　てっきり死んじまったと――」

「わたしこそ、ケンジは死んじゃったと思ってたわ！」

そこで、ケンジがふとだまる。顔から笑みが消える。「ところで、ウォーナーの野郎はどこへ行きやがった？」周囲を見ながら、たずねる。「あいつといっしょにいたよな？　おれの頭がおかしいわけじゃねえよな？」

「ええ――聞いて――ウォーナーがここに連れてきてくれたの」わたしは落ち着いて説明しようとする。ケンジの目に浮かぶ怒りを鎮《しず》めたい。「でも、戦いに来たわけじゃない。彼からオメガポイントがどうなったか聞かされたとき、わたしは信じられなくて、それで証拠を見せてと頼んだの――」

「へえ、そうか？」ケンジの目は、いままで見たことのない憎悪のようなものでぎらぎらしている。「あいつらのやったことを見せびらかしに来たんじゃねえのか？　自分がどれだけ多くの人間を殺したか、見せつけに来たんだ！」ケンジはわたしを放した。怒りに震えている。「あの野郎はいったか？　あそこに何人の子どもがいたか、あいつのせいでこっちはどれだけの人間を殺されたか？」言葉を切って、肩で息をつく。「そういうことを、あの野郎はあんたにいったか？」もう一度聞くと、ケンジはあたりに叫んだ。「**戻って来やがれ、クソ野郎！**」

「ケンジ、やめて――」

ところが、ケンジはもういなくなっていた。あっというまに走り去って、いまでは遠くの小さな点にしか見えない。ウォーナーを探して広大なエリアを走り回っているのだ。なんとかしなきゃ、ケンジを止めなきゃ。でも、どうしたらいいの――

「動くな」

耳元でウォーナーの声がして、彼の手にがっしりと両肩をつかまれた。ふり返りたくても、彼に押さえられて動けない。「動くなといったんだ」

「いったい、ど――」

「しーっ」ウォーナーがたしなめる。「わたしの姿はだれにも見えない」

「え？」わたしが首を伸ばして後ろを見ようとすると、ウォーナーのあごに頭がぶつかった。見えないあごに。

「うそっ」思わず息をのむ。「でも、ケンジにさわってないのに――」

「まっすぐ前を向け」ウォーナーは小声で命じる。「透明人間と話しているのを見つかると、まずい」

わたしは前を向く。ケンジはもうどこにもいない。「どうやって？」わたしはウォーナーにたずねる。「どうやって、そんなこと――」

後ろで、ウォーナーが肩をすくめる。「おまえの能力を使った実験をして以来、なにかが変わったんだ。ほかの能力をつかむのがどういうことかわかったおかげで、より簡単に受け入れられるようになった。ちょうど、いまのように」彼はいう。「まるで、文字どおり、相手のエネルギーに手を伸ばしてつかみとれるようになったらしい。さっきも簡単だった。ケンジはすぐそこに立っていた。わたしは自分の生存本能に任せただけだ」

いまはそんなことをぐずぐず考えている場合じゃないのに、わたしはパニックに陥《おちい》りそうな自分を止められない。ウォーナーはいとも簡単に自分の能力を投射できる。なんの訓練も受けずに。練習もしていないのに。

彼はわたしの能力にアクセスして、自分の好きなように利用できるのだ。

それがいいことであるわけがない。

わたしの両肩をつかむウォーナーの手に力がこもる。

「なにしてるの？」

「この能力をおまえにわたせるか試しているんだ――ケンジから受け取った能力を今度はおまえに移し、ふたりとも透明人間になれるかどうか試して――いるんだが、無理のようだ。わたしは他人からエネルギーを受け取りさえすれば、その能力を使えるようになる。だが、そうして得た能力を他人に分けることはできないらしい。わたしが手放したエネルギーは、持ち主に戻るしかないようだ」

「どうして、そんなにいろいろ知ってるの？」わたしは驚く。「他人の能力を受け取ることができるとわかったのは、ほんの数日前よ」

「ずっと練習していたからだ」

「どうやって？　だれと？」わたしは口ごもる。「あ」

「そういうことだ。おまえをずっとそばに置いておくのは、じつにすばらしい。多くの意味でな」ウォーナーの両手がわたしの肩から落ちる。「わたしはおまえ自身の力でおまえを傷つけてしまうのではないか、と心配していた。おまえの力を吸収するときに、うっかりその力でおまえを攻撃しないでいられるか、確信がなかった。だが、どうやらこの力は、たがいに打ち消しあうらしい。いったんおまえから力を受け取ると、わたしにはそれを返すことしかできないのだ」

わたしは息ができない。

「さあ、行こう」ウォーナーはいう。「ケンジはかなり遠くへ移動した。わたしが彼のエネルギーを利用していられるのも、長くはない。ここから出なければ」

「行けないわ」わたしはうったえる。「ケンジを捨ててはいけない、こんな形じゃ――」

「やつはわたしを殺そうとしているんだぞ、ジュリエット。おまえが相手のときは別として、わたしは命を狙われているときに、ぼうっと突っ立ってはいられないたちでね。つまり、わたしが先に彼を撃つのを見たくないなら、できるだけ早くこの場を去るべきだ。彼はぐるっと回って戻ってくるぞ」

「いや。あなたは帰ればいい。帰るべきよ。でも、わたしはここにいる」

ウォーナーはわたしの後ろで固まった。「なんだと?」

「行って。あなたは居住区へ行かなきゃ――仕事があるんだもの。戻るべきよ。でも、わたしはここにいなきゃならない。ほかのみんなになにがあったか知りたいの、知ってそこから前へ進まなきゃ」

「おまえをここに置いていけというのか」ウォーナーはショックを隠そうともしない。

「永久に」

「そうよ」わたしは答える。「わたしはいくつかの答えを見つけるまでは、ここを去るつもりはない。それに、あなたのいうとおり。ケンジならぜったい質問する前に撃ってくるでしょう。だから、あなたはここから去るのがいちばんよ。わたしがケンジに話してみる、なにがあったか話してみる。そうすればきっと、みんなで協力しあって――」

「なんだと？」

「わたしとあなたのふたりだけでやる必要はないでしょ。前にいってくれたじゃない、わたしがあなたのお父さんを殺して再建党を倒すのに、あなたは協力したいって」

ゆっくりうなずくウォーナーのあごが、わたしの頭の後ろにぶつかる。

「でしょ。だから」わたしは大きく息を吸う。「その申し出、受けてあげる」

ウォーナーは固まる。「わたしの申し出を受けるというのか」

「ええ」

「自分がなにをいっているか、わかっているのか？」

「わかってなければ、いうわけないでしょ。あなたなしでやり遂げられるか、自信がなくて」

彼の荒い息を感じる。心臓の激しい鼓動《こどう》が背中に伝わってくる。

「けれど、ほかにだれが生き残っているか調べなきゃ」わたしは主張する。「そうすれば、みんなで協力しあえる。そうしてもっと強くなって、同じ目標に向かっていっしょに戦う――」

「だめだ」

「ほかに方法はないわ――」

「時間がない」ウォーナーはわたしをくるりとふり向かせる。「ケンジがここに来る」そういって、硬いプラスティックでできた物をわたしの手に押しつける。「準備ができたらいつでも、この発信機のスイッチを入れろ。ずっと身に着けていれば、わたしにおまえの居場所がわかる」

「でも――」

「持ち時間は四時間。それまでに連絡がなければ、なんらかの危険に見舞われていると判断し、わたしが自分でおまえを探しに行く」ウォーナーはわたしの手を握ったまま、発信機をまだわたしの手のひらに押しつけている。見えない人に触れられているのは、すごく変な気分だ。「わかったか?」

わたしは一度うなずく。どこを見ればいいのか、わからない。

そのとき、わたしは凍りつく。体じゅうがかっと熱くて、同時に冷たい。わたしの指先に、そっとやさしく唇《くちびる》が押しつけられている。彼が離れると、わたしはくらくらして、ぼうっとして、動揺《どうよう》してしまう。

足元のふらつきをなんとかしようとしていると、聞き慣れた電子音がして、ウォーナーがすでに戦車で走り去っていこうとしているのがわかった。

残されたわたしは、いったいなにを約束してしまったのかと途方にくれる。

ケンジが怒りに燃える目で、足音荒くこちらへ歩いてくる。

「くそっ、あの野郎、どこ行きやがった？　どっちへ行ったか見なかったか？」

わたしは首を横にふって手を伸ばし、ケンジの目をこちらに向かせようと彼の腕をつかむ。「話して、ケンジ。なにがあったのか教えて——みんなはどこにいるの——？」

「みんな、いねえんだよ！」ケンジは怒鳴って、わたしの手をふりほどく。「オメガポイントはなくなっちまった――なにもかも、なくなっちまった――なにもかも――」がっくり両ひざをつき、あえぎながら倒れ、額を雪にうずめる。「あんたも死んじまったと思ってた――おれは――」

「そんなわけない」わたしは息をのむ。「そんなわけないってば、ケンジ――全滅なんて、ありえない――ひとり残らず死んじゃったなんて、あるわけない――」

アダムは死んでない。

アダムは死んでない。

お願い、お願い、お願いだから、アダムは死んでいませんように。

わたしは今日という日を楽観的に考えすぎていた。

自分に嘘をついていた。

本心からウォーナーを信じてはいなかった。状況がここまでひどいかもしれないとは、思っていなかった。けれどいま、真実を目の当たりにして、ケンジの苦悩を聞き――実際に起きたことがすべて激しくぶつかってきて、わたしは背中から自分の墓穴に落ちていく気分だ。

両ひざが地面にぶつかる。

「お願い、お願いだから、ほかにもいるといって――アダムはきっと生きてるはず

――」

「おれはここで育った」ケンジはわたしのいうことなど聞いていない。苦しみとつらさがむきだしの声は、ケンジの声とは思えないほどだ。以前の彼に戻ってほしい、みんなをまとめてリードしてくれる頼もしい彼に戻ってほしい。だって、こんなのケンジじゃない。

目の前のケンジは、怖い。

「ここはおれの人生そのものだった」彼はかつてオメガポイントのあった巨大なクレーターを見ている。「唯一の場所だった――あそこにいた連中はみんな――」声をつまらせる。「みんな、おれの家族だった。おれの唯一の家族だったんだ――」

「ケンジ、お願い……」わたしは彼を揺さぶろうとする。彼に悲しみの淵《ふち》から這《は》い上がってきてほしい、でないとわたしも負けてしまいそう。こんな丸見えの場所にいてはいけない。けれど、いまになってやっと、ケンジは気にもしていないということがわかってきた。彼は危険に身を投じたがっている。戦いたがっている。死にたがっている。

そんなことをさせるわけにはいかない。

いまはこの状況を統率する人間が必要だ。そしていま、それができるのはわたしだけ。

「立って」思ったより厳しい声が出る。「ほら、立って。いつまでもぐずぐずいってないで。こんなところにいたら危ないってことくらい、わかるでしょ。移動しなくちゃ。どこで寝泊まりしてるの?」腕をつかんで引っぱっても、彼はびくともしない。

「立ちなさい!」わたしはもう一度声を張り上げる。「立ち――」

そのとき、とつぜん思い出す。わたしはケンジなんか比べものにならないくらい強いのだ。そう思ったら、顔がほころびそうになる。

わたしは目を閉じて集中する。ケンジに教わったこと、オメガポイントで学んだ自分の力をコントロールする方法、必要なときに力を発揮するやり方を、ひとつ残らず思い出すのよ。あまりに長いあいだ、なにもかも封じこめて体の奥にしまいこんできたせいで、そんな力がいまでもそこにあって、利用されるのを待っていることを思い出すのに、まだ時間がかかる。それでも、迎え入れようと心の鍵を開けた瞬間、それはどっとあふれてきた。あまりに強大なむきだしの力に、自分は無敵だという気がする。

気づくと、わたしはケンジを地面から持ち上げ、肩にかついでいた。

わたしが。

わたしがケンジをかついでいる。

ケンジは当然、わたしがいままで聞いたなかで最悪の罵声《ばせい》を次々に浴びせてくる。ついでに、わたしを蹴《け》ってくる。けれど、わたしはほとんど感じない。両腕をゆるくケンジの体に回し、彼を押しつぶしてしまわないように自分の力を慎重《しんちょう》に制御《せいぎょ》する。ケンジは怒っているけれど、少なくとも、また威勢よく乱暴な言葉を吐いている。これがわたしの知っているケンジだ。

わたしは罵《のの》しるケンジをさえぎる。「あなたが寝泊まりしている場所を教えて。それから、落ち着いて。いまは、わたしと喧嘩《けんか》してる場合じゃないでしょ」

ケンジは一瞬だまる。

「ええと、なんだ、悪いがちょっと聞いていいか？　友人を探してるんだが、見かけなかったか？　ちっちゃい女の子で、すぐぴいぴい泣いて、自分の気持ちばっかり気にしてる――」

「うるさい、ケンジ」

「ちょ、待て！　ここにいるじゃないか」

「どこへ行けばいいの？」

「ところで、いつ下ろしてくれるんだ？」ケンジはもう、おもしろがっていない。

「こっから眺めるあんたのケツもなかなかいいが、このまま眺めてていいのか――」

わたしは思わずケンジを放りだす。

「いってえな、ジュリット――なにすんだよ――」

「下からの眺めはいかが？」わたしはひっくり返っているケンジを見下ろすように立ち、胸の前で腕を組む。

「あんたなんか、きらいだ」

「さあ、立って」

「そんなこと、いつ習ったんだ？」ケンジはぼやき、よろけながら立ち上がって背中をさする。

わたしはあきれた顔をする。遠くに目をこらす。見わたすかぎり、なにもない。だれもいない。「べつに習ったわけじゃないわ」

「へえ、そうかい。つまり、ああするのが正しいと思ったからか。大の男を肩にかつぎあげるくらい、朝飯前だからか。ああいうひでえことを、あんたは自然にやっちまうんだな」

わたしは肩をすくめる。

ケンジは小さく口笛を吹く。「おまけに、生意気だ」

「ええ」わたしは目の上に手をかざし、冷たい陽射しをさえぎる。「しばらくあなたといっしょにいたせいで、こんなになっちゃったのよ」

「ほう、これはまた」ケンジはおもしろくなさそうに手を叩く。「お立ちください、プリンセス。あんたはコメディアンだ」

「もう立ってるわよ」

「そういうジョークがあるんだよ、生意気なやつめ」

「ねえ、どこへ行けばいいの？」わたしはまたたずね、どこをめざすでもなく歩きだす。「それがわからなきゃ始まらないでしょ」

「規制外区域だ」ケンジも歩きだし、わたしの手を取って先導する。わたしたちはたちまち姿が見えなくなる。「おれたちに考えられる唯一の場所だ」

「おれたち？」

「ああ。アダムが前に住んでた場所があったろ？　まず、あそこ――」

わたしは足を止める。息が苦しくなる。わたしに手を握りつぶされそうになったケンジは、悪態をつきながらあわてて手を引っこめ、わたしたちの姿がふたたびあらわになる。「アダムはまだ生きてるのね？」わたしは彼の目をのぞきこむ。

「あったりめえだろ」ケンジはこちらに蔑《さげす》むような視線を投げて、手をさすする。「ずっと、そういってただろ？　なんも聞いてなかったのか？」

「だって、みんな死んだっていってたじゃない」わたしは息をのむ。「あなたがいってたのは――」

「オメガポイントに残っていたやつはみんな死んだ、といったんだ」ケンジの顔がふたたびくもる。「オメガポイントには百人以上の人間がいた。残ったのは、おれたち九人だけだ」

「だれ？」わたしはたずねる。心臓が締めつけられる。「だれが生き残ったの？　どうやって？」

ケンジは長々と息を吐き、両手で髪をかき上げながら、わたしの後ろの一点を見つめる。「生き残ったやつの名前を挙げりゃいいのか？　それとも、なにがどんなふうに起こったか、すべてを知りたいのか？」

「なにもかも知りたい」

ケンジはうなずく。下を向いて、雪の塊《かたまり》を踏みつける。もう一度わたしの手を取って歩きだし、ふたりは荒野の真ん中で見えなくなる。

「たぶん」ようやく、ケンジは話しだす。「ある意味、おれたちがまだ生きていられるのは、あんたのおかげだと思う。もしあんたを探しに出かけていなかったら、おれたちは恐らく、ほかのみんなといっしょに戦場で死んでいただろう」

そこで口ごもる。

「アダムとおれは、すぐにあんたの姿が見えなくなったことに気づいたが、どうにかそっちに引き返したときには遅すぎた。たぶんまだ五メートルは離れていただろう、あんたが戦車に引きずりこまれるのが確認できただけだった」ケンジは首をふる。「そのまま、あんたを追いかけることはできなかった。飛んでくる弾をよけるのが精一杯だったんだ」

話が進むにつれて、彼の声は沈んでいく。

「それで、別のルートを取ることにした――大通りを避け――基地へ行ったんだ。連れていかれるならそこだと思ったからな。けど、着いてみたら、キャッスルとリリーとイアンとアーリアにばったり出会った。キャッスルたちは基地から脱出してくるところだった。基地に侵入して、ウィンストンとブレンダンを奪還する作戦になんとか成功したところだったんだ。キャッスルが見つけたときには、ふたりとも死にかけていた」

ケンジは静かにいって、短く息つぎをする。

「それからキャッスルは、基地で耳にしてきたことを話してくれた——軍はオメガポイントの空爆準備に入っている。あのエリア全体を爆撃するつもりだ、そうすりゃ地下にあるものは残らず崩壊するだろうと踏んでのことだ。なかにいる者たちに逃げ場はないし、おれたちが作ってきたものはすべて破壊されちまうってな」

わたしの隣で、彼が緊張するのがわかる。

ふたりでほんの少し足を止めると、やがてケンジがわたしの手を引っぱるのを感じた。わたしは寒さと風に首をすくめて、厳しい天気と彼の話に身構える。

「どうやら、戦場でおれたちの仲間を痛めつけて、オメガポイントの場所を吐かせたらしい」ケンジはいう。「そのあとで殺しやがった」首をふる。「時間がないことはわかっていたが、おれたちは基地のすぐ近くにいたこともあって、なんとかおれが軍の戦車を一台奪ったんだ。おれたちは戦車に乗りこみ、まっすぐオメガポイントへ向かった。攻撃前に全員を脱出させられることを祈ってな。しかし、いま思えば、心の底じゃ、うまくいくわけないとわかっていた気がする。頭上には何機も爆撃機が見えた。すでに目標に向かっていた」

ケンジは急に声を上げて笑う。けれど、そのせいで痛みを感じたようだった。

「そんな無鉄砲が奇跡《きせき》を呼んだのか、おれたちは一キロ半ほど手前でジェイムズをつかまえた。あいつはこっそりオメガポイントを抜け出して、戦場へ向かっていたんだ。かわいそうに、おびえきってズボンの前をぬらしちまってたが、もう留守番はうんざりだといっていた。兄貴といっしょに戦いたいって」ケンジの声は張りつめている。「皮肉なことに、もしジェイムズがいわれたとおりオメガポイントに残っていたら、おれたちがそこなら安全だと思っていたところに残っていたら、ほかのみんなといっしょに死んじまってたってことだ」ケンジは少し笑う。「まったく。おれたちにできることはなにもなかった。ただ突っ立って、三十年かけて作り上げた本拠地に爆弾を落とされ、戦うことのできない子どもや老人が殺されるのを、そのあと戦場で戦っている仲間たちまで虐殺されるのを、ただ見ているしかなかった」わたしの手を握るケンジの手にぎゅっと力がこもる。「おれは毎日、ここに戻ってくる。だれか現れることを願って。なにか回収できるものが見つかるかもしれないと期待して」話がとぎれ、声を詰まらせる。「そしたら、あんたがいた。ったく、現実と思えねえよ」

わたしはケンジの手を――今度はそっと――握り、身を寄せる。「きっとだいじょうぶよ、ケンジ。わたしが約束する。わたしたちは団結して、きっとこの状況を乗り越える」

ケンジはわたしの手から自分の手を引っこめると、そのままわたしの肩に回してぎゅっと抱き寄せる。今度はやさしい声でいう。「なにがあったんだ、プリンセス？

あんた、変わったな」

「変わって、悪くなった？」

「良くなった。なんていうか、やっと大人になったみてえだ」

わたしは声を上げて笑ってしまう。

「マジでいってんだぞ」

「あ、そう」わたしはちょっと間を置いて、つづける。「ときには、変わるほうがいいこともあるんじゃない？」

「ああ。うん、そうかもな」そこで、ケンジは口ごもる。「ところで……なにがあったか話してくれないか？　最後に見たあんたは、戦車の後部座席に押しこまれてるところだった。それが今朝のあんたは、シャワーを浴びてさっぱりしたようすで、白いぴかぴかのスニーカーをはき、ウォーナーと歩いてやがった」ケンジはわたしの肩から手を離して、また手を握る。「これがどれだけちんぷんかんぷんな事態かは、天才じゃなくたってわかる」

わたしは落ち着いて深く息を吸う。こんなときにケンジの姿が見えないなんて、変な感じ。まるで、風に向かって告白しようとしているみたい。「アンダースンに撃たれたの」

隣でケンジが固まる。苦しそうな息遣いが聞こえてくる。「なんだって?」

彼には見えないのに、わたしはうなずく。「連れていかれたのは基地じゃなかった。兵士たちにアンダースンのところへ運ばれたの。彼は規制外区域にある民家で待っていた。秘密にしたかったんじゃないかしら」ウォーナーの母親のことには触れないように、慎重《しんちょう》に説明する。あれはウォーナーの個人的な秘密で、わたしが勝手にしゃべっていいことじゃない。「アンダースンはわたしに復讐《ふくしゅう》したかったの。わたしに両脚を撃たれた復讐を。彼は脚が不自由になっていて、わたしが見たときは杖《つえ》を使っていたわ。こちらが状況も把握《はあく》できないうちに、彼は銃を抜いてわたしを撃った。胸のところを」

「なんてこった」

「よく覚えてるわ」わたしは口ごもって、つづける。「死にかけたときのこと。いままで経験したなかでいちばん苦しかった。叫ぶこともできないの。肺が破れたのか、血があふれていたのか。はっきりしたことはわからない。ただ横たわって息をしようとあえぎながら、できるだけ早く死が訪れるのを祈るしかなかった。しかも、そのあいだずっと、自分がいかに臆病《おくびょう》な人生をすごしてきたか、それがどれだけ無駄なことだったか、ずっと考えていたのよ。もしやり直せるのなら、ぜったいに違う生き方をするって思った。わたしはもう金輪際《こんりんざい》、怖がるのはやめるって自分に誓った」

「そりゃ、じつに心温まる話だが、胸を撃たれたってのに、いったいどうやって生き延びたんだ？　いまごろ死んでなきゃおかしいだろ」

「ええと」わたしは小さく咳《せき》払いする。「それは、その、ウォーナーに助けられたから」

「ふざけんなっ」

わたしは笑いだしそうになるのをこらえる。「ほんとよ」そしてざっと説明する。あの場に治療者《ヒーラー》の双子が連れてこられて、ウォーナーが双子の力を使ってわたしの命を救ってくれたこと。アンダースンが死にかけているわたしを放置していったこと、ウォーナーがわたしを基地へこっそり連れ帰り、わたしをかくまって回復するまで力を貸してくれたことも。「そういえば、双子のソーニャとセアラはまだ生きてる。間違いないと思う。アンダースンがふたりを首都へ連れていったの。自分専用のヒーラーとして使うつもりよ。たぶん、もう負傷した両脚を治してもらったんじゃないかしら」

「わかった、ところで」ケンジは足を止めてわたしの両肩をつかむ。「ちょっと話を戻してもらえねえか。そんなふうにいきなりぽんぽん新しい情報を投げてよこされても、わけわかんねえよ。はしょらねえで、ひとつひとつすべて話してくれ」ケンジの声がだんだん高くなっていく。「いったいぜんたい、どうなってんだ？　双子が生きてる？　それに、ウォーナーが双子の力を使ってあんたを治したってどういうことった？　どうしたらそんなことができるんだ？」

というわけで、わたしは彼にこれまでのことを話した。

ずっと打ち明けたかったことを、ようやく話した。ウォーナーの能力、あの夜ケンジが食堂の外で負傷した事件のこと。ウォーナーはまだ自分になにができるかわかっていなかったこと、ケンジが運ばれた医療棟にみんなが詰めかけているあいだ、わたしは地下トンネルでウォーナーと彼の能力を試していたこと。わたしに触れたウォーナーが床を殴りつけると、床に穴が開いたこと。

「なんてこった」ケンジは低い声をもらす。「つまり、あの野郎はおれを殺そうとしたってことじゃねえか」

「わざとじゃないってば」

ケンジは小声で悪態《あくたい》をつく。

わたしは話をつづける。あの夜遅く、ウォーナーがとつぜんわたしの部屋を訪ねてきたことは省《はぶ》いたけれど、ウォーナーがどうやってオメガポイントを脱出したのか話し、アンダースンが息子ウォーナーの登場を待ってわたしを撃ったことを話す。その理由は、アンダースンが息子のわたしへの気持ちに気づいていて、それを罰するためだったということも話す。

「ちょっと待った」そこで、ケンジが割りこんだ。「どういう意味だよ、アンダースンが息子のあんたへの気持ちを知っていたって？　ウォーナーがあんたをどう思っていたかは、だれでも知ってる。やつはあんたを武器として使いたがっていた。べつに、驚きの事実でもなんでもねえだろ。あいつの父親なら、喜んだんじゃねえのか」

わたしは固まってしまう。

この部分はまだ秘密だったことを忘れていた。わたしとウォーナーとの関係がじつはどんなものなのか、まだ打ち明けたことはなかった。アダムは、ウォーナーがわたしに仕事以上の関心を持っているのではないかと疑っていたようだけれど、わたしはウォーナーとの親密なひとときのことはだれにもしゃべらなかった。ウォーナーにいわれたことも。

わたしはごくんと感情をのみこむ。

「ジュリエット」ケンジの声に警戒がにじむ。「これ以上、隠し事をするのはよせ。なにが起きているのか、全部話すんだ」

体がふらつく。

「ジュリエット――」

「ウォーナーはわたしのことが好きなの」小さい声でいう。口に出して認めるのは初めてだ。独り言ですら口にしたことはなかった。無視できる、隠しておける、そのうち消えてなくなってアダムに見つかることはない。そうなってほしいと思っていた。

「あの野郎が――ちょっと待った――いまなんつった？」

わたしは大きく息を吸いこむ。急にどっと疲れに襲われる。

「おいおい、頼むから冗談だといってくれ」

わたしは首を横にふる。姿が見えなくなっているのを忘れている。

「うひゃあ」

「ケンジ、わたし――」

「いや、こりゃまた、ずいぶん妙ちくりんな話だ。おれはずっと、ウォーナーの野郎は頭がおかしいと思ってたけどよ」ケンジは声を上げて笑う。「これでついに確信した」

わたしはぎょっと目を見開き、ショックで笑いだす。ケンジの見えない肩を力いっぱい押しやる。

ケンジはまた笑いだす。おもしろいのが半分、信じられないのが半分というようすだ。やがて大きく息を吸いこむ。「わかった、ちょっと待ってくれ、で、どうしてやつに惚《ほ》れられてるってわかったんだ？」

「どういう意味？」

「どういうって、そりゃ——例えばデートに誘われたとか、なんかあんだろ？　チョコレートを買ってくれたとか、気色わりい自作のポエムを贈られたとか？　ウォーナーが愛情深いタイプとは、おれにはとうてい思えねえんだよ、わかるだろ」

「ああ」わたしは頬《ほお》の内側を嚙む。「ないわ、そういうことはなにも」

「で？」

「ただ、彼に……そういわれたの」

ケンジがいきなり足を止め、わたしは前につんのめる。「いいや、ありえねえ」

わたしはなんて答えていいのかわからない。

「あの野郎が本当にそんなことをいったのか？　あんたの前で？　面と向かって直

接？」

「ええ」

「ちょ――ちょ――ちょっと待て、つまり、やつはあんたを愛してるといってるのか……で、あんたは？　なんて答えた？」ケンジが唖然《あぜん》として詰めよる。「ありがとう、とか？」

「答えてない」わたしは縮こまってしまいそうになるのを堪《こら》える。最初に告白されたときはウォーナーを撃ったことを、思い出す。「わたしは答えなかった――だって、わけがわからないもの、ケンジ、いまになってみると、ものすごく変な感じ。まだ、どう対処していいのかわからなくて」わたしの声はつぶやきほどに小さくなる。「ウォーナーはすごく……本気なの」そこで記憶の洪水にのみこまれてしまう。無数の感情がひと塊《かたまり》の狂気になる。

わたしの体に降ってきた彼のキス。床に落ちたズボン。彼の必死の告白に、わたしの体から力が抜けてしまったこと。

わたしはぎゅっと目をつむる。熱すぎる、くらくらする、なにもかもがあまりに急すぎる。

「確かに、そうかもな」ケンジのつぶやきで、わたしははっと我に返る。彼のため息が聞こえた。「つまり、ウォーナーはまだ、自分がアダム・ケントと兄弟だってことを知らねえわけだ」

「ええ、知らない」わたしはたちまちしゃんとする。

兄弟。

憎みあう兄弟。おたがいを殺したがっている兄弟。そして、ふたりのあいだで身動きできなくなっているわたし。まさか、こんなことになるなんて。

「だから、ふたりとも、あんたにさわれるわけだ？」

「え？　ううん、正確にはそうじゃない」わたしは説明する。「アダムは……厳密な意味では、わたしにさわれない。さわれることはさわれるけれど、なんていうか……？」言葉がとぎれる。「複雑なの。アダムのほうは、自分のエネルギーでわたしのエネルギーを打ち消さなきゃならない。けれど、ウォーナーは――」わたしは首をふり、歩きながら見えない自分の足元を見つめる。「ウォーナーはわたしに触れても、なんの影響も受けない。なんの被害もないの。彼はわたしの力を吸収するだけ」

「くそっ」少しして、ケンジは悪態《あくたい》をついた。「くそっ、くそっ、くそっ。なんてこった」

「わかってる」

「じゃあ——つまり——あんたはこういってるわけだ。ウォーナーがあんたの命を救った、双子に協力を頼んであんたを治療したと？　それから、あんたを自分の部屋に隠して面倒をみた？　食事や着替えやなんかをあたえ、やつのベッドで眠らせたって？」

「ええ」

「そうか。へえ。まったく信じられねえけどな」

「わかってる」わたしはまたいうと、今度は大げさに息を吐いてみせる。「でもウォーナーは、本当はケンジが思っているような人じゃない。確かにちょっとおかしいところもあるけれど、実際は——」

「はあ、待ってくれ——あの野郎をかばうのか？」ケンジの声にショックがにじむ。「おれたちがいま話してんのは、かつてあんたを監禁《かんきん》して軍の奴隷《どれい》にしようとしたあいつのことなのか？」

わたしは首をふる。ウォーナーから聞いた話をすべて、世間知らずのだまされやすいおバカさんと思われない言い方で説明できたらいいのだけれど。「違うの——」ため息。「彼はわたしをそんなふうに利用する気はなかった——」

ケンジは大声で笑う。「勘弁してくれ。本気でやつを信じてんのか？　あの野郎に吹きこまれたデタラメを全部信じてるのか――」

「ケンジは彼のことをわかってない、フェアじゃないわ――」

「おいおい」ケンジはまた笑う。「まさか、おれが戦場で自分を率いた男のことをわかってないなんて、本気でいってんじゃねえよな？　あいつは最悪の指揮官だった。あいつがどんな人間か、おれは知ってる――」

「ケンジのいうことを否定したいわけじゃないの、わかる？　あなたがわかってくれるなんて思ってないし――」

「こいつは笑える」ケンジはまたぷっと噴き出す。「あんたこそ、本当はわかってないんじゃねえか？」

「なにを？」

「なにを、じゃねえよ。アダム・ケントが落ちこむぞ」ケンジはうれしそうにいって、くすくす笑う。

「ちょっと――なんなのよ？　アダムになんの関係があるっていうの？」

「あいつのことで、おれに質問しなかったことがあるよな？」少し休んでつづける。

「ほら、おれたちに起きたひでえ事態をすっかり話してやったとき、あんたの反応はこうだった――あら、そう、クールな話を聞かせてくれてありがと。おびえもしなけりゃ、アダムに怪我《けが》はないかと聞きもしなかった。あいつはどうなったかとか、いま無事にやっているのかさえ聞かなかったし、なにより、あんたのことを死んだと思っているあいつがどんな気持ちでいるか、そういうことをなにも知りたがらなかった」

わたしは急に気分が悪くなって、思わず足を止める。屈辱《くつじょく》感と罪悪感、罪悪感、罪悪感。

「しかも今度は、そこに突っ立って、ウ、ォ、ー、ナ、ー、をかばってやがる。ア、ダ、ム、を殺そうとした野郎だぞ。そいつを、あんたは友だちかなにかみてえにいいやがる。まるで、ちょっと誤解されてるだけの普通の人間みてえに。地球上のほかの人間全員がやつを誤解しているみてえに。それじゃ、おれたちはむやみに人を批判する嫉妬《しっと》深いバカで、あの野郎がきれいな顔をしてるってだけで憎んでるみてえじゃねえか」

恥ずかしさが、わたしの皮膚を焦《こ》がしていく。

「わたしはバカじゃないのよ、ケンジ。わたしがいうことには、ちゃんと理由がある」

「へえ、それじゃ、こういうしかないな。あんたは自分がなにをいっているか、わかってねえ」

「なんとでもいえば」

「なんだ、その言い草は――」

「なんとでもいえばっ」

「ったく」ケンジはだれにともなくつぶやく。「どうやら、ケツを蹴《け》とばされたいらしい」

「わたしに十個お尻があったって、ケンジになんか蹴とばせやしないわ」

ケンジは噴き出す。「そいつは挑発か?」

「警告よ」

「えーっ、脅《おど》してんのか? おお、あの泣き虫が、いまじゃ人の脅し方まで知ってんのかよ?」

「うるさい、ケンジ」

「うるさい、ケンジ」彼はわたしの怒った声を真似《まね》する。

「あと、どれくらい?」わたしは苛立ちと、話題を変えたい気持ちもあって、わざと大きな声で聞く。

「もう、すぐそこだ」

ふたりとも、しばらくしゃべらない。

やがて

「そういえば……どうしてここまでずっと歩いてきたの?」わたしはたずねる。「戦車があるっていわなかった?」

「あるとも」ケンジはため息をつき、少しのあいだ、わたしたちの喧嘩《けんか》は忘れられた。「実際のところ、二台ある。アダム・ケントが、最初にあんたと基地を脱走したとき一台盗んだといっていた。そいつがまだ、あいつのガレージにある」

そうだった。

わたしったら、どうして忘れていたんだろう?

「けど、おれは歩くのが好きでね」ケンジはつづける。「おれは人から見られる心配がないし、徒歩でないと見つからないことがあるかもしれねえって、いつも願ってるんだ。いまでも願ってる」彼の声がまた強ばる。「どこかで隠れている仲間がもっと見つかるかもしれねえってな」

わたしはケンジの手をまたぎゅっと握り、彼に身を寄せてささやく。「わたしも」

アダムが前に住んでいた場所は、わたしの記憶そのままだった。

ケンジといっしょに地下駐車場から忍びこみ、いくつかの階段をのぼっていく。わたしは急に緊張してきて、ほとんどしゃべれなくなる。すでに二度も友だちを失った悲しみを味わっているわたしは、心のどこかでこんなことありえないと感じている。けれど、きっとある。あるに違いない。

これからアダムに会う。

アダムの顔を見る。

彼は現実の存在になる。

「最初に軍がおれたちを探しにきたとき、連中がドアを吹っ飛ばしただろ」ケンジがいう。「おかげで、ドアがなかなか動かねえんだ――ほら、開かねえようにドアの内側に家具を積み上げげといたせいで、今度は開けようと思ってもなかなか開けられなくなっちまって……開けるのにちょっとばかり手間取るかもしれねえ。まあ、それ以外は、このちっぽけな家はなかなか居心地がいい。ケントは食糧をたっぷり貯めこんでたし、水道もまだ使える。あいつは年末までずっと、ほとんどの支払いをしてあったんだ。全体的に見て、おれたちはかなりラッキーってことだ」

わたしはうなずいている。怖くて口がきけない。今朝のコーヒーが急にお腹で不穏《ふおん》な影響をおよぼしはじめ、わたしは頭からつま先までぴりぴりしている。

アダム。

もうすぐ、アダムに会う。

ケンジがドアを叩《たた》く。「開けてくれ、おれだ」

少しのあいだ、重い物が動く音、木のきしみ、金属のこすれる音、ゴトンドスンといった音だけが聞こえてくる。ドア枠《わく》が震えている。向こう側でだれかがドアを引っぱって、つかえたドアを動かそうとしている。

やがてドアが開きはじめる。とてもゆっくり。わたしはしっかりしなきゃと両手を固く握りしめる。

現れたのは、ウィンストンだった。

わたしを見て、ぽかんと口を開けている。

「また、なんと」ウィンストンはメガネをはずし――メガネはテープでくっつけてある――わたしを見てしきりにまばたきしている。その顔はあざだらけで、下唇《くちびる》は腫《は》れ上がったうえに切れている。左手は手のひらのあたりを包帯で巻いてある。

わたしはおずおずとほほえんだ。

ウィンストンはケンジのシャツをつかんで、ぐいと引き寄せる。目はわたしから離さない。「わたしはまた幻覚を見ているんでしょうか？」ウィンストンはたずねる。

「そうだとしたら最悪ですよ。まったく」そしてケンジの返事を待たずにつづける。「脳振盪《のうしんとう》がこれほど恐ろしい影響をおよぼすとわかっていたら、機会を見つけて自分の頭を撃っていましたよ――」

「幻覚じゃねえよ」ケンジが笑いながらさえぎる。「さあ、入れてくれ」

ウィンストンはまだきょとんとわたしを見ている。目を見開いたまま後ろに下がり、わたしたちを通す。わたしは敷居をまたいだ瞬間、別世界に押しこまれた。現実とはまったく別の、思い出の世界。ここはアダムの家。わたしが初めて見つけた聖域。初めて安らぎを感じた場所。

そこがいま、人であふれている。こんなに大勢の人が入るには狭すぎる。キャッスル、ブレンダン、リリー、イアン、アーリア、そしてジェイムズ――全員が動作のとちゅう、話のとちゅうで驚いてぴたりと止まっている。みんな、信じられないという目でこちらを見ている。わたしはなにかいおうとして、傷ついた唯一の仲間たちにかけるべき言葉を探していると、小さな部屋からアダムが出てきた。かつて弟のジェイムズが使っていた部屋だ。アダムは両手になにかを持っていて、別のことに気を取られ、ここの雰囲気のとつぜんの変化に気づいていない。

そのとき、顔を上げた。

アダムの口がなにかいおうとするように開き、持っていたものが床に落ちる。その大きな音に、みんながはっと我に返る。

アダムはわたしを見つめ、目はわたしの顔に釘づけで、胸は大きく上下し、顔はありとあらゆる感情と闘っている。恐れているようにも、希望にあふれているようにも見える。ひょっとしたら、希望を持つことを恐れているのかもしれない。

わたしが先になにかいうべきなのに、急になにをいえばいいかわからなくなってしまう。

ケンジがわたしの横に来て、満面の笑みを浮かべる。わたしの肩に腕を回し、ぎゅっと力をこめる。「おれが見つけてきたんだぞ」

アダムがこちらへ歩きだす。なんだか奇妙な感じ――なにもかもがスローモーションになったみたい、なぜかこの瞬間は現実じゃないみたい。彼の目は苦悩に満ちている。

わたしはお腹を殴られたような感じがした。

気づくと、彼がいた。わたしの目の前に。わたしが現実にそこにいるのか、怪我《けが》をしていないか確かめるかのように、両手でわたしの体を探る。わたしの顔を、表情をじっと見つめ、手でわたしの髪をかき上げる。そしてとつぜん、わたしが幽霊でも悪い夢でもないと理解したのか、さっと抱き寄せた。急な展開に、わたしはあえぐことしかできない。

「ジュリエット」

ささやくアダムの胸の鼓動《こどう》がわたしの耳にひびき、彼にきつく抱きしめられて、わたしは彼の腕のなかでとろけてしまう。心地よい温もりと、懐かしい彼の体、匂い、肌を味わう。わたしは両手を彼に回し、背中をなでてぎゅっとしがみつく。自分の顔に静かに涙がこぼれていたことに気づいたのは、彼がわたしを眺めようと体を引いたときだった。泣かないで、だいじょうぶだ、なにもかもうまくいく、とささやくアダム。全部嘘だとわかっているけれど、それでも耳に心地よくひびく。

彼はもう一度わたしの顔を見つめ、両手でそっとわたしの頭の後ろを支える。わたしの肌に触れないようにとても気をつけている。それで、わたしは思い出す。鋭い痛みが胸をつらぬく。「君がここにいるなんて、信じられない」アダムの声はうわずっている。「信じられないよ、本当にこんなことが起こるなんて――」

ケンジが咳《せき》払いをする。「ちょっと失礼――おふたりさん？　いちゃつくのは遠慮してもらえないか。チビたちが〝おえっ〟て顔してるぜ」

「ぼくはチビじゃない」ジェイムズは機嫌をそこねたようだった。「それに、〝おえっ〝なんて顔してないよ」

ケンジがくるりとふり返る。「すぐそこで、はあはあ熱くなってるってのに平気なのか？」そういって、わたしたちを指す。

わたしは反射的にアダムから飛びのいた。

「うん、平気」ジェイムズは腕組みをする。「ケンジは？」

「吐き気がするってのが、おれのだいたいの反応かな」

「ケンジだって恋人がいたら、〝おえっ〟なんて思わないはずだよ」

長い間があく。

「鋭いところを突いてくるな」ケンジはやっという。「どうやらおまえに、このめちゃくちゃなセクターで、いい女を見つけてきてもらったほうがいいみたいだ。十八歳から三十五歳までなら、だれでもいい」そして、ジェイムズに指を突きつける。「というわけで、さっさと探してきてくれないか、よろしく」

ジェイムズはその言葉を大真面目に受け取ったらしい。何度もうなずいている。

「うん、わかった。じゃあ、アーリアは？　それか、リリーは？」そういって早速、室内でたったふたりしかいないわたし以外の女の子を指さす。

ケンジの口が開いては閉まり、開いては閉まりをくり返し、やっと答える。「あ、いや、遠慮しとくよ、ぼうず。このふたりは妹みてえなもんだから」

「あ、上手に逃げたわね」リリーがケンジにつっこむ。わたしは初めて本当のリリーの声を聞いたことに気づいた。「わかってるわよ。君は妹みたいな存在だってセリフで、守備範囲内の女の子をみんな、自分のものにしちゃうんでしょ。女の子たちは列を作って、あなたとベッドに入る順番を待ってるんでしょうよ」

「失敬な」ケンジは腕組みをする。

ジェイムズはげらげら笑っている。

「これでわかったろ、おれがどんな苦労をさせられてるか？」ケンジはジェイムズにぼやく。「このケンジに愛を捧げてくれる女なんていねえんだ。おれはあたえて、あたえて、あたえて、なんの見返りも求めねえ。おれのそういうところを評価してくれる女はいねえのかよ」ケンジは自分の頭からつま先までをざっと指さす。わざと大げさにばかばかしくふるまうことで、ジェイムズを笑わせようとしているのだ。みんな、それに感謝している。たぶん、ケンジはこの狭苦しい空間で唯一、みんなを笑わせて息抜きをさせてくれる存在なのだろう。もしかしたら、それで毎日ひとりで外に出ているのかもしれない。きっと、おもしろい人という役割を期待されないところで、だれにも邪魔されずに悲しみと向き合う時間が必要なのだろう。

わたしの心臓が動きだして止まる。ケンジにはとてもつらいはずだ。悲しみにばらばらになってしまいたいときでさえ、みんなの前ではちゃんとしているなんて、どんなにきついだろう。わたしは今日初めて彼のもうひとつの面を見て、必要以上に驚いてしまった。

アダムに肩をつかまれてふり向くと、彼はやさしいつらそうな笑みを浮かべていた。目には苦痛と喜びが色濃くただよっている。

けれど、わたしがいま感じられることのなかでいちばん強いのは、罪悪感だ。

この部屋のだれもがひどく重い苦しみを抱えている。ときおり起こる束《つか》の間《ま》の笑いが、この空間を包む暗い雰囲気に風穴を開けるものの、笑いが静まれば、たちまち悲しみがするりと戻ってくる。わたしは亡くなった人たちを悼《いた》むべきだとわかっているのに、その方法がわからない。わたしにとってはみんな、他人も同然だった。双子のソーニャとセアラとの友情も、まだ芽生えてきたばかりだったのだ。

見回してみると、そんなふうに感じているのはわたしひとりだった。みんなの顔には、大きな喪失感でしわが刻まれている。悲しみが、着ている服にも、寄せた眉根にもたたずんでいる。わたしの心の奥でなにかがうずいた。そのなにかはわたしに失望して、うったえてくる。わたしもみんなみたいに悲しむべきだ、打ちひしがれるべきだ。


けれど、わたしはそんなことはしない。

もう、そんな女の子にはなれない。

ずいぶん長いあいだ、わたしはいつも自分の作りだした恐怖のなかで生きてきた。疑惑がわたしの恐怖と結婚し、わたしの心のなかに越してきてお城を建て、わたしという王国を支配していた。疑惑と恐怖のささやきに自分の意思を屈服させられて、わたしはただの従順な僕《しもべ》になりさがり、すっかりおびえて反抗することも刃向かうこともできなくなっていた。

自分自身の心にとらわれた囚人だった。

それでもやっと、ついに、そんな心から自由になることを学んだ。

わたしは失ったものの大きさに動揺している。恐怖を感じている。けれど希望を持ち、行動を起こしたくてうずうずしている。ソーニャとセアラはまだ生きている、アンダースンの手中で生きている。ふたりにはわたしたちの助けが必要だ。なにかしなきゃという固い決意しかないときに、悲しんでなんていられない。

もう恐怖なんか怖くないし、恐怖に心を乗っとられたりもしない。

恐怖にわたしを恐れさせてやる。

アダムがわたしをソファへうながす。ところが、ケンジに邪魔された。「おまえらには、ちゃんとふたりで再会を喜ぶ時間をやる、約束する。けど、いまは全員で状況を共有する必要がある。挨拶《あいさつ》を交わしたり無事を確認したり、とにかくそういうことをさっさと片づけないとな。ジュリエットは全員が聞くべき情報を持ってるんだ」

アダムはケンジからわたしに視線を移す。「どういうことだ？」

わたしはケンジのほうを向く。「いったい、なんの話？」

ケンジはわたしにあきれた顔をして、向こうを向く。「すわれ、ケント」

アダムは好奇心に負け、ほんの少し後ずさる。すると、ケンジがわたしを前へ引っぱり、この小さな部屋の真ん中に立たせた。みんなの視線が、手品でも期待するかのようにわたしに集まる。「ケンジ、なにを――」

「アーリア、ジュリエットを覚えてるな」部屋の奥の隅《すみ》にすわっているほっそりした金髪の女の子に、ケンジがうなずきかける。女の子はちらりとわたしを見て、すぐ目をそらした。なぜか顔を赤らめる。わたしは彼女を覚えている。特製メリケンサックを作ってくれた。わたしは二度戦闘に加わったが、手袋の上からその凝《こ》ったデザインの武器をつけていった。いままでアーリアに関心を持ったことはなかったけれど、その理由がいまわかった。彼女は自分の存在感を消そうとしているのだ。アーリアは茶色い瞳《ひとみ》の穏やかでやさしそうな女の子で、すばらしいデザイナーでもある。いったい、どうやってそんな技を磨いてきたのだろう？

「リリー、君はジュリエットを忘れるわけないよな」ケンジがいう。「ジュリエットといっしょにみんなで倉庫に侵入したもんな」そこで、ちらりとわたしを見る。「覚えてるだろ？」

わたしはうなずく。リリーに笑いかける。よく知っているわけではないけれど、彼女の元気なところは好きだ。リリーは敬礼の真似《まね》をして、はずむ茶色い髪が顔に落ちてくるくらい思いきり笑顔を作る。「再会できてうれしいわ。死なないでくれてありがとう。女の子はあたしひとりなんて、いやだもの」

アーリアの金色の頭がほんの一瞬ぴょこんと現れ、すぐ部屋の隅《すみ》に引っこんだ。

「あ、ごめん」リリーはちょっと申し訳なさそうな顔をした。「しゃべる女の子があたしひとりっていいたかったの」それから、わたしにいう。「お願い、あなたはしゃべるっていって」

「ああ、ジュリエットはしゃべるよ」ケンジがわたしに目をやる。「ごろつきみてえな悪態《あくたい》もつく」

「そんなことしないわよ――」

「ブレンダンとウィンストンだ」わたしの抗議をさえぎって、ケンジはソファにすわっているふたりを指さす。「こいつらの紹介は必要ねえな。だが、見てのとおり、いまじゃ少し見た目が変わっちまってる。見ろ、サディスティックな連中に人質にされると、どこまで容姿が変わっちまうか！」ケンジはふたりのほうを指さし、強ばった笑みで皮肉る。「いまじゃ、ふたりとも野獣みたいになっちまった。けど、なんだ、こいつらに比べると、おれがすげえイケメンに見えるだろ。てことで、こいつはいい知らせだ」

ウィンストンがわたしの顔を指さす。目の焦点が少し合っていなくて、二、三回まばたきしてから口を開く。「あなたのことは気に入っています。亡くなっていなくて、本当によかったです」

「同感だ」ブレンダンはウィンストンの肩を叩きながら、わたしにほほえみかける。その目はまだどこまでも明るいブルーで、髪はどこまでも白いプラチナブロンド。けれど右のこめかみからあごのラインにかけて、大きな切り傷が走っている。しかも、かさぶたができかけたばかりだ。ほかにどんな傷を負っているのか、わたしには想像もつかない。アンダースンが彼とウィンストンにいったいなにをしたのか。ぞっとするような不快感が、わたしのなかをずるずる這《は》い回る気がした。

「また会えて、すごくうれしいよ」ブレンダンの英国風のアクセントには、いつも驚いてしまう。「ごめん、もうちょっと見苦しくない格好で迎えたかったんだけど」

わたしはブレンダンとウィンストンの両方ににっこりする。「ふたりとも生きていてくれて、ほんとによかった」

「こっちは、イアンだ」ケンジが、ソファのひじ掛けにすわっているひょろっと背の高い若者を指す。イアン・サンチェス。再建党の所有する倉庫に忍びこんだとき、物資を荷受所に集めるグループでいっしょになった。もっと大事なのは、アンダースンの部下に拉致《らち》された四人のうちのひとりだということ。彼と、ウィンストンと、ブレンダンと、もうひとりエモリーという男がさらわれた。

わたしたちはなんとかイアンとエモリーを奪還《だっかん》したものの、ブレンダンとウィンストンは見つからなかった。確か、ケンジの話では、イアンとエモリーを見つけてオメガポイントに運びこんだときには、ふたりは重傷だったらしいから、治療者《ヒーラー》の双子も手こずったはずだ。イアンはもう回復したようだけれど、相当恐ろしい経験をしてきたに違いない。それに、エモリーはここにはいない。

わたしはぐっと気持ちをのみこんで、イアンにほほえむ。なんとか力強い笑みになっているといいけれど。

イアンから笑みは返ってこない。

「どうやって生き延びた？」イアンはなんの前置きもなくたずねる。「どこをどう見ても、痛めつけられたようには見えない。だからおれには、その、悪気があっていうんじゃないんだが、あんたは信用できない」

「これからその話をするところだ」ケンジがいい、わたしの代わりに抗議しはじめたアダムをさえぎった。「彼女がきっちり説明する、そいつはおれが保証する。おれはもう詳細を知っている」ケンジがイアンに鋭い視線を向けているけれど、イアンは気づいていないようだ。まだわたしを見すえ、挑《いど》むように片方の眉を上げている。

わたしはイアンのほうを向き、じっと見つめる。

ケンジがわたしの顔の前でパチンと指を鳴らした。「集中してくれよ、プリンセス、おれはもう退屈してきたぜ」室内を見回し、まだ紹介していない人がいないか確認する。「ジェイムズ」ケンジの目が、まだ十歳にしかならないわたしの友だちの上を向いた顔に留まる。「始める前に、なにかジュリエットにいいたいことはあるか？」

明るい砂色の髪の下で、ジェイムズの青い目がわたしを見つめている。ジェイムズは肩をすくめた。「ぼくは、ジュリエットが死んじゃったなんて、ぜんぜん思ってなかったよ」

「本当かよ？」ケンジが笑って聞き返す。

ジェイムズはうなずき、「生きてるって気がしたんだ」と頭をぽんと叩く。

ケンジはにやりとする。「そうか、わかった、よしよし。じゃあ、始めよう」

「そういえば、キャ――」わたしはいいかけ、ケンジの顔に一瞬よぎった動揺《どうよう》に口をつぐむ。

キャッスルに目を向け、ここに着いたばかりのときとは違う目で彼の表情を探る。

キャッスルの目は焦点が合っていなかった。眉根《まゆね》を寄せた表情は、自分自身との終わりのない虚《むな》しい会話にとらわれてしまったかのようだ。両手はひざの上できつく組み合わされている。いつもは首の後ろできちんと結ばれているポニーテールはあちこちほつれ、顔のまわりで跳ねたドレッドヘアが目にかかっている。無精《ぶしょう》ひげもあいまって、とてもみじめに見える。まるで、ここに来てその椅子《いす》にすわりこんで以来、一度も動いていないかのようだ。

わたしたちのなかで、キャッスルがいちばん衝撃《しょうげき》を受けたのだ。

オメガポイントは彼の人生だった。オメガポイントを作っていたレンガのひとつひとつ、あの空間にひびく音のひとつひとつに、彼の夢がこもっていた。そして一夜にして、彼はなにもかもを失った。希望、将来の展望、苦労して築き上げたコミュニティ。彼の唯一の家族。

すべて消えてなくなった。

「キャッスルはつらい目に遭《あ》ったんだ」アダムに小声で教えられ、わたしは彼がすぐそこにいたことに驚く。いつのまにまたそばに立っていたのか、ぜんぜん気づかなかった。「ここしばらく、ずっとああなんだ」

わたしは胸を締めつけられる。

ケンジと目を合わせようと、言葉にならない謝罪をしようと、わかったと伝えようとする。けれどケンジはこちらを見ようとしない。すぐには気持ちを立て直せないようだ。わたしはそこで初めて、ケンジがたったいま、どんなにつらい思いをしているか気がついた。オメガポイントだけじゃない。仲間を失ったことや、これまで作り上げてきたものがすべて破壊されたことだけでもない。

キャッスルのことだ。

キャッスル、ケンジにとって父親同然の人、いちばんの親友。

その彼が抜け殻になってしまったのだ。

ケンジの痛みの深さに、わたしの胸は圧《お》しつぶされそうになる。わたしになにかできることがあったらいいのに。力になれることが。この状況をなんとかすることが。その瞬間、わたしは誓う。

できることはなんでもする。

「よし」ケンジはパンと両手を打ち合わせ、何度かうなずいてから、短く息を吸いこんだ。「みんな、くつろいでるか？　うん？　よし」もう一度うなずく。「さて、われわれの友人ジュリエットが胸を撃たれた話をさせてくれ」

みんな、驚いてわたしを見ている。

ケンジがたったいま、わたしから聞いた話をくわしく説明したのだ。ウォーナーがわたしを愛しているといったことは慎重《しんちょう》に省《はぶ》いてくれて、わたしは心のなかで感謝する。アダムにはもう別れるべきだといってしまったし、彼とのあいだのあれこれはまだ考えるだけでつらいし、解決もしていない。わたしは前へ進もうとしたし、アダムを守りたくて彼から距離を置こうとした。それでも、本当にいろんなものを失ってしまったアダムの喪失感が痛ましくて、もうどう感じていいのかすらわからない。

アダムがわたしのことをどう思っているのかも、わからない。

アダムと話し合わなきゃならないことは、山のようにある。ただ、ウォーナーのことは話したくない。それは以前からデリケートな話題だったし、アダムが彼と兄弟であることを知ってしまったいまでは、なおさらだ。それにわたしも、みんなのところに戻ってきた最初の日に、わざわざ言い争いはしたくない。

けれど、そう簡単には避けられないようだ。

「ウォ、ウォーナーがあなたの命を救ったっていうの？」リリーはショックや嫌悪《けんお》を隠そうともしない。アーリアまでが身を乗り出して耳をすまし、目はわたしの顔に釘づけになっている。「いったいなぜ、ウォーナーがそんなことをするの？」

「いや、それはどうでもいい」イアンが割りこむ。「問題は、ウォーナーがおれたちの特殊能力を盗めるって事実だ。どうすんだよ？」

「イアンは特殊な力なんか持ってないでしょう」ウィンストンがつっこむ。「なにも心配いりませんよ」

「おれがいいたいことはわかるだろ」イアンはぴしゃりといい返す。首がうっすら赤くなっている。「ウォーナーみたいにイカれたやつが特殊能力を持ったら、やばいよ。ぞっとするね」

「彼はイカれてなんかいな――」わたしはいいかけたものの、みんなが我先にしゃべりだして部屋じゅう大騒ぎになってしまった。

「いったいどうなってんだ――」

「――やばいって？」

「じゃあ、ソーニャとセアラはまだ生きてるってこと――」

「――アンダースンと会ったんですか？　どんな風貌《ふうぼう》でしたか？」

「けど、なんだってあいつが――」

「――いい、だが、だからといって――」

「待ってくれ！」アダムがみんなをさえぎる。「そもそも、やつはいま、どこにいるんだ？」ふり向いて、わたしの目を見る。「こういうことだよな？　ウォーナーはオメガポイントがどうなっているか見せるために、君をここに連れてきた。けど、ケンジが現れるとすぐ姿を消した」少し間をおいてから、たずねる。「合ってるかい？」

わたしはうなずく。

「それから――どうなったんだ？」アダムはつづける。「やつの用事はすんだのか？

ただ立ち去ったのか?」くるりと回って、ひとりひとりを見る。「みんな。やつは、おれたちのうち少なくともひとりは生き残っていることを知っている! おそらく応援を呼びに行ったんだろう。生き残りを見つけだす方法を検討しに戻ったんだ――」そこで言葉を切って、首を激しく横にふる。「くそっ」小声で悪態をつく。「くそっ」

とたんに、みんなが凍りつく。恐怖に包まれる。

「違うわ」わたしはあわてて否定し、両手をかかげる。「そんなこと――彼はそんなことしない――」

八対の目がこちらを向く。

「ウォーナーは、ここのみんなを殺す気なんてない。再建党のことだって、きらってるのよ。それに、自分の父親を憎んでる――」

「なにをいってるんだ?」アダムが驚いて、わたしをさえぎる。「ウォーナーはケダモノだぞ――」

わたしは落ち着いて呼吸する。みんなはウォーナーのことをほとんど知らないのよ、彼の考えを聞いたこともない。わたしだって、ほんの二、三日前まで彼のことをどう思ってた?

ウォーナーの真意を聞かされたのは、つい最近だ。わたしにはまだ、どうしたらうまく彼を弁護できるのか、ここまでかたよった彼への印象をどうしたら修正できるのかわからない。そう思ったら一瞬、ウォーナーと彼のばかげた演技に腹が立ってきた。わたしをこんな立場に置いた彼に、怒りが湧《わ》いてくる。せめて、むかつくひねくれたサイコという印象さえなかったら、いまわたしが彼をかばったりする必要はなかったのに。

「ウォーナーは再建党を倒したがっているの」わたしは説明を試みる。「それに、父親のアンダースン総督《そうとく》を抹殺しようと思ってる――」

室内はさらに騒々しくなった。怒声と罵倒《ばとう》から、だれもわたしの話を信じていないのがわかる。みんな、わたしの頭がおかしいと思っている。ウォーナーに洗脳されたと思っている。ウォーナーのことを、わたしを監禁して人々を苦しめる道具にしようとした殺人者に違いないと思っている。

みんなは間違っていない。ただ、誤解しているのだ。

みんなはわかってない、わたしはそういいたくてたまらない。

みんなは真実を知らず、わたしに説明をさせてくれない。わたしが弁解しようとしたとき、視界の隅《すみ》にちらりとイアンが見えた。

わたしを笑っている。

声を上げ、ひざを打ち、首をのけぞらせて、わたしの愚かしさにげらげらと笑っている。そんな姿に、わたしは本気で自分を疑いはじめる。ウォーナーにいわれたひと言ひと言をすべて疑いはじめる。

わたしはきつく目を閉じた。

ウォーナーを信頼できるかどうか、どうしてわかる？　嘘をついたんじゃないって、どうしてわかる？　いつもわたしに嘘をついてきたのに、初めからずっと嘘をついていたと本人がいっていたのに。

はっきりしないことばかりで、うんざりする。うんざりして、いやになる。

けれど、ぱっと目を開けると、わたしはみんなのなかから引っぱり出されようとしていた。ジェイムズの部屋のほうへ引っぱられていく。かつてはジェイムズが使っていた物置き部屋だ。アダムがわたしをなかへ引きこみ、喧騒《けんそう》を閉めだす。わたしは両腕をつかまれ、奇妙な燃えるような彼の目に目をのぞきこまれて、たじろいでしまう。

見動きできない。

「どういうことだ？　なぜ、ウォーナーをかばう？　あんなことをされたんだ、憎むのが当然だろ――憤慨《ふんがい》するのが当然じゃないか――」

「そんなことできない、アダム、わたし――」

「できないってなんだよ？」

「わたしはただ――もう、そんな簡単なことじゃないのよ」わたしは首をふり、説明しようのないことを説明しようとする。「いまは、ウォーナーをどう考えていいかわからない。いままで誤解していたことがたくさんあるの。いままで理解できなかったことが、たくさん」わたしは目を伏せる。「本当の彼は……」そこでためらい、葛藤《かっとう》する。

嘘つきと思われずに真実を伝える方法がわからない。

「わからない」わたしはようやくいって、自分の両手を見つめる。「わからない。彼はただ……わたしが思っていたほど悪い人じゃない」

「はあ？」アダムはショックを受けている。「思っていい、いたほど、ど、悪い人じゃない？　君が思っていたほど悪い人じゃないだって？　いったいどうしたら、あんなやつが、思っていたよりほんの少しでもいいやつになれるんだ――？」

「アダム――」

「まったくなにを考えているんだ、ジュリエット？」

わたしは顔を上げる。アダムの目には隠しきれない嫌悪《けんお》が浮かんでいる。

わたしはパニックになる。

うまく説明する方法を見つけなきゃ、反駁《はんばく》の余地のない例をあげて見せなきゃ——ウォーナーが、いままでわたしの思っていたような人じゃないという証拠を。けれど、アダムはもうわたしへの信頼を失ってしまったようだ。もうわたしを信用してもいなければ、信じてもいない。わたしは口ごもる。

アダムが話そうと口を開ける。

それより早く、わたしはたずねる。「シャワー室で泣いているわたしを見つけた日のこと、覚えてる？　わたしがウォーナーに強制されて、幼い男の子を苦しめてしまったあとのこと？」

アダムは少したためらってから、ゆっくりとしぶしぶうなずく。

「あれは、わたしが彼を心底憎んでいた理由のひとつだった。彼が実際にあの部屋に幼児を入れたと思っていたから。だれかの子どもをさらってきて、わたしがその子を苦しめるのを眺めたかったんだと思っていたから。そんなの、ひどすぎる」わたしはいう。「最低だし、ぞっとする。ウォーナーは人間じゃないと思った。正真正銘の悪魔だって。でも……あれは現実じゃなかった」わたしは小さな声になる。

アダムは混乱しているようだった。

「あれはただのシミュレーションだったの」わたしは説明をつづける。「ウォーナーから聞いたわ。あれはシミュレーション・ルームで、拷問室《ごうもん》じゃなかった。全部、わたしの想像の産物だったのよ」

「ジュリエット」アダムはため息をつく。目をそらし、もう一度わたしに目を戻す。「なにをいっているんだ？　もちろん、あれはシミュレーションだったさ」

「は？」

アダムはとまどったように小さく笑う。

「あれが現実の出来事じゃないってこと、知ってたの……？」

アダムはまじまじとわたしを見る。

「でも、わたしを見つけてくれたとき――アダムはいったわよね、あれは君のせいじゃないって――なにがあったか聞いたよ、君は悪くないって――」

アダムは後頭部の髪に手を滑らせる。「君がコンクリートの壁を壊したことで動揺《どうよう》してると思ったんだ。もちろん、恐ろしいシミュレーション・ルームがあることも知っていた。けど、そういうことは、前もってウォーナーが君に話したと思っていたんだ。まさか、君があれを現実と思いこんでいたなんて、考えもしなかった」アダムは一瞬、固く目を閉じる。「てっきり、君は新たな恐ろしい力を発見して動揺しているんだと思っていた。それと、君が壁を破壊したときに負傷した兵士たちのことを気にしていると」

わたしは目をぱちくりさせて、呆然《ぼうぜん》とする。

それまでずっと、心のどこかでまだ疑っていた——拷問室《ごうもん》は実在していて、ウォーナーがまたわたしに嘘をついているだけかもしれない。

けれど、いまアダムの口から確認がとれた。

わたしは呆然《ぼうぜん》とする。

アダムは首をふっている。「あの野郎。信じられない、よくも君にそんなことを」

わたしは目を伏せる。「ウォーナーはたくさんひどいことをしたけれど、本人はわたしを助けているつもりだったの」

「いや、助けてなんかいない」アダムはまた怒りだす。「君を苦しめていたんじゃ——」

「ううん、違うの」わたしは壁の亀裂《きれつ》を見つめる。「変なやり方だけれど……彼はわたしを本当に助けていたのよ」少しためらって、アダムと目を合わせる。「シミュレーション・ルームでのあの事件は、わたしが初めて自分に怒ることを許した瞬間だった。わたしは自分にどれだけのことができるか、まったく知らなかった——あんな怪力があるなんて知らなかった——あの瞬間までは」

わたしは目をそらす。

両手を組み合わせては、離す。

「ウォーナーは仮面をつけているだけ」わたしはいう。「残忍で冷酷なモンスターのようにふるまっているけれど、ほんとは……わからない……」わたしの声はとぎれ、目はよく見えないものを見ようとしている。たぶん、記憶を。ウォーナーの笑顔。わたしの涙をふいてくれた彼のやさしい手。〝だいじょうぶだ、心配いらない〟といってくれたこと。「本当の彼は――」

「いや、待てよ――」アダムが離れ、奇妙な震える息を吐く。「これをどう理解しろというんだ？」動揺しているようだ。「君は――なにをいってるんだ？　いまはウォーナーが好きなのか？　あいつと友だちになったのか？　おれを殺そうとした男と？」その口調は苦悩を隠しきれていない。「あいつは食肉処理場でおれをベルトコンベアに吊るしたんだぞ、ジュリエット。そんなことはもう忘れたか？」

わたしはひるむ。恥ずかしさにうつむく。

本当に忘れていた。

ウォーナーがもう少しでアダムを殺すところだったこと、わたしの目の前でアダムを撃ったことを、忘れていた。彼はアダムを裏切り者だと思っている。後ろから銃を突きつけ、上官であるウォーナーに反抗してわたしを盗んでいったと思っている。

わたしはとことん気分が滅入ってきた。

「わたしはただ……すごく混乱していて」やっとのことで答える。「ウォーナーを憎みたいのに、もうどうしていいかわからない――」

アダムはわたしを、おまえはだれだという顔で見つめている。

話題を変えなきゃ。

「キャッスルはどうしたの？　病気なの？」

わたしが話題を変えようとしていることに気づき、アダムはためらう。そしてようやく態度をやわらげて、ため息をついた。「まずい状態だ。キャッスルはおれたちのだれよりもまいっている。キャッスルの深刻な状態が、ケンジにまで影響を及ぼしている」

話すアダムの顔を、わたしはじっと観察する。ウォーナーやアンダースンとの共通点を、探さずにいられない。

「キャッスルはあの椅子からまったく動かない」アダムはつづける。「疲れきって倒れるまで、一日じゅうあそこにすわっている。倒れても、その場で眠りこむだけだ。そして翌朝目覚めると、また同じことをする。一日じゅう。おれたちが無理やり勧めないかぎり、なにも食べず、トイレへ行く以外は動かない」アダムは首をふる。「一刻も早くそんな状態から脱してほしいと、みんな思っている。リーダーをあんな形で失うなんて、ほんとに妙なものだ。すべてを仕切っていたキャッスルが、いまではなにもかもどうでもいいと思っているようだ」

「たぶん、まだショック状態なのよ」わたしはあの戦闘からまだ三日しかたっていないことを思い出す。「きっと、時がたてば元気になるわ」

「そうだな」アダムはうなずき、自分の手を見つめる。「けど、おれたちはこれからどうすべきか早く決める必要がある。こんな暮らしはいつまでもつかわからない。食糧は二、三週間もすれば底をつく。現在、養うべき人数は十人。しかも、ブレンダンとウィンストンはまだ怪我《けが》をしている。おれはここに貯めておいた限られた物資で、ふたりにできるだけの手当てをしてきたが、できることならまともな医療処置を受けさせたいし、痛み止めもほしい」少し休む。「ケンジからどういう説明を聞いたか知らないが、ブレンダンとウィンストンはここに運ばれてきたとき、かなりひどい状態だったんだ。ウィンストンは、やっと腫《は》れが治まってきたにすぎない。おれたちはどうしたって、あまり長くはここにいられない。今後の計画が必要だ」

「そうね」アダムが先のことを考えているのがわかって、わたしは心からほっとする。

「ええ。そうよ。計画が必要だわ。アダムはどう思う？　もうなにか考えがあるの？」

アダムは首を横にふる。「いいや。たぶん、いままでみたいに倉庫に侵入することはできるだろう。ときどき、そうやって必要な物資を盗みながら、規制外区域のもっと広いスペースに身を隠す。けど、居住区には二度と入れないだろう。危険が大きすぎる。見つかれば、その場で射殺される。だから……わからない」アダムは決まり悪そうに笑う。「おれ以外にも、なにか考えているやつがいるといいんだけど」

「でも……」わたしはとまどう。「それだけ？　もう戦おうとは思わないの？　生き延びる方法を見つけるだけ？　こんなふうに生きていく方法を？」わたしはドアを指す。その向こうにあるものを指す。

アダムはわたしの反応に驚いて、こちらを見ている。

「おれだって、こんな生活をしたいわけじゃない。けど、仲間の命を失わずに戦う方法なんかあるか？　おれは現実的に考えているんだ」アダムは苛立たしげに髪をかき上げる。「イチかバチか賭《か》けてみた」声を落とす。「戦おうとした。その結果、大勢の仲間が殺されたんだ。いま、自分が生きていることが不思議なくらいだ。けど、どういうわけだか、おれは生きてる。ジェイムズも生きてる。それにありがたいことに、ジュリエット、君も生きてる」

「わからない」アダムは首をふって目をそらす。「おれは自分の人生を生きるチャンスをあたえられたんだと思う。食糧を探し、屋根の下で暮らす新しい方法を考えなきゃならない。収入はないし、このセクターではもう軍に入ることもできないだろう。登録された正式な市民じゃないから、仕事にもつけない。いまのおれが真剣に考えなきゃならないのは、これから数週間後にどうやって家族と仲間を食べさせていくかってことだ」口元に力がこもる。「たぶん、いつかどこかのグループがもっとうまく――もっと強くなって現れるだろう。けど、もうおれたちがそういうグループになることはないだろう。おれたちに見込みはないと思う」

わたしはまばたきしながら、呆然《ぼうぜん》と彼を見つめる。「そんなの、信じられない」

「なにを信じられない？」

「アダムがあきらめようとしていること」声ににじんでしまう非難を隠そうとも思わない。「なにもしないで、あきらめようとしてることよ」

「ほかにどうしろというんだ？」アダムの眼差しは傷つき、怒っている。「おれは殉《じゅん》教《きょう》者になるつもりはない。おれたちは挑戦した。戦おうとして、しくじったんだ。おれたちの知ってる仲間はほとんど死んだ。君がドアの向こうで見た疲れきった人たち、おれたちの抵抗活動の仲間で生き残ったのは、あれで全員なんだぞ。その九人でどうやって世界と戦うんだ、ジュリエット？　まともに戦えるわけがない」

わたしはうなずいている。自分の手をじっと見て、ショックを隠そうとして失敗する。

「おれは腰抜けじゃない」アダムは懸命に声を荒げないようにしている。「ただ家族を守りたいだけだ。ジェイムズに毎日のように、おれが死体で見つかるかもしれないという心配をさせたくないんだ。ジェイムズのためにも、おれは分別ある行動を取らなきゃならない」

「でも、こんなふうに生きていくの？」わたしはたずねる。「逃亡者みたいに？　世間から隠れて、盗みをして生きていくの？　そんなことで状況はよくなる？　来る日も来る日もびくびくして、いつも後ろを気にして、ジェイムズをひとりで置いていくたびに心配して、おびえて暮らすことになるのよ。そんなの、みじめじゃない」

「それでも、生きてはいける」

「そんなの、生きてるっていわない。生きるって、そういうことじゃ――」

「ちょっと待てよ」アダムにぴしゃりといわれる。急に雰囲気が変わって、わたしは驚いて口をつぐむ。「生きるのがどういうことか、君になにがわかるんだ？　初めて会ったとき、君はひと言も話そうとしなかった。自分の影におびえていた。悲しみと罪悪感に苛《さいな》まれ、すっかり精神を病み――自分の世界に閉じこもっていたじゃないか。自分のいないあいだに、世界がどうなっているのかも知らなかった」

わたしはひるみ、彼の声にこめられた毒に傷つく。こんなに辛辣《しんらつ》で冷たいアダムは、見たことがない。わたしの知ってるアダムじゃない。彼を止めたい。巻き戻したい。謝《あやま》ってほしい。いまいった言葉を取り消してほしい。

けれど、彼はそうしてくれない。

「自分はつらい思いをしたと思っている」アダムはつづける。「閉鎖病棟に入れられたり、監房《かんぼう》に閉じこめられたりして――つらい経験をしたと思っている。けど、君がわかっていないのは、君にはいつも雨風をしのげる屋根があったし、定期的に食事をあたえられていたってことだ」彼は両手を握ったり開いたりしている。「それは、ほとんどの人よりマシな境遇だったってことだ。外で生きていくのがどういうことか、君はわかっていない――飢えに苦しみ、目の前で家族が死んでいくのを見るのがどういうことか。君はまったくわかっていない。本当の苦しみがどういうことか、わかっていない。ときどき、君が楽観的に生きている人たちのいるファンタジーの世界の住人に思えるよ。けど、ここでは楽観主義は通用しない。この世界では、生きているか、死にかけているか、死んでいるかのどれかしかない。ロマンスは存在しない。幻想もだ。だから、今日生きていることがどういうことか、少しでも知っているようなふりをするのはやめろ。いますぐ、やめろ。なにもわかっちゃいないんだから」

言葉は、なんて予測できない生き物だろう。

銃も、剣も、軍も、王も、ひとつの文にはかなわない。剣は人を切って殺せるかもしれないけれど、言葉は人を刺して、その体にもぐりこんで死体になる。わたしたちはそれを未来へ運んでいき、そのあいだずっと自分の体を掘り返して死体を取りのぞこうとしては失敗する。

わたしはごくんと息をのむ。

一回

二回

三回

そして静かに慎重《しんちょう》に反応できるように、自分を落ち着かせる。

彼は動揺《どうよう》しているだけ、そう自分にいい聞かせる。彼はただ恐怖と不安とストレスにまいっているだけで、本心じゃない。本気でいっているんじゃない。わたしはひたすら自分にいい聞かせる。

アダムは動揺《どうよう》しているだけ。

本気じゃない。

「たぶん」わたしはいう。「たぶん、あなたのいうとおりなんでしょう。たぶん、わたしは生きるということがどういうことか、わかってない。たぶん、まだまともな人間じゃなくて、自分の目の前で起きていることしかわからないんだと思う」わたしはまっすぐ彼の目を見る。「でも、世の中から隠れて生きるのがどういうことかは、よく知ってる。自分が存在していないかのように生きるのがどういうことか、世間から隔離されてひとりぼっちで閉じこめられるのがどういうことかは知っている。だから、そんなことには二度となりたくない」わたしはうったえる。「ぜったいに無理。人生のなかで、やっと恐れずに口をきけるところにたどりついたのよ。やっと、自分の影を恐れなくてよくなった。この自由を失いたくない——二度と失いたくない。後戻りなんてできない。自分自身の作った牢獄のなかでひとりぼっちで死ぬよりは、正義を求めて撃ち殺されるほうがずっとマシ」

アダムは壁を向いて笑い、こちらに目を戻す。

「自分がなにをいっているのかわかってるのか？　敵兵の前に飛び出して、再建党なんて大きらいと叫ぶつもりか？　自分の主張は正しいと？　そして十八の誕生日を迎える前に殺されるのか？　いってることがめちゃくちゃだよ」彼はいう。「そんなことをしたって、なんの役にも立たない。それに、君らしくない」やれやれと首をふる。

「君は自分の生活を築きたかったんじゃないのか？　戦争なんかに巻きこまれたくないと思っていたんじゃないのか？　ウォーナーや収容施設や頭のおかしい親から、ただ自由になりたかったんじゃないのか？　おれはてっきり、君は戦いとはすっぱり手を切りたがっていると思っていたよ」

「なにをいってるの？」わたしは聞き返す。「わたしはいつだって、反撃したいといってきた。最初からずっと――基地から脱出したいとあなたにいったときから、ずっとそううったえてきた。これがわたしよ。これがわたしの思っていること。前からずっと感じていたことよ」

「違う、それは違う。おれたちが基地を脱走したのは、戦争を始めるためじゃない。再建党から逃げて、自分たちのやり方で抵抗するため、そしてなによりふたりで暮らしていくためだ。けど、そこへケンジが現れ、オメガポイントへ連れていかれて、すべてが変わった。おれたちは再建党に反撃することになった。実際、うまく行きそうだったからだ。本当に勝てるチャンスがありそうに思えたからだ。けど、それで」アダムは室内を見回し、閉まったドアを見る。「おれたちになにが残った？　全員、半死半生のありさまだ。いまじゃ、お粗末な武器しかない大人八人と十歳の少年ひとりのグループだ。少年だけは、全軍とでも戦ってやると闘志満々だけどな。うまくいくわけがない。それに、もし死ぬとしたら、おれはくだらない理由で死にたくはない。戦うなら――命を危険にさらすなら――勝つ見込みがある場合に限る。勝算がないなら願い下げだ」

「人類のために戦うことが、くだらないとは思わな――」

「君は自分のいっていることをわかっていない」アダムは歯を食いしばっていい返す。

「もう、おれたちにできることはないんだよ」

「いつだってなにかあるはずよ、アダム。なきゃいけない。だって、わたしはこれ以上こんな生き方をしたくないもの。絶対、いやだもの」

「ジュリエット、頼む」彼は急に切羽《せっぱ》つまった苦しそうな口調になる。「死なないでくれ――二度と君を失いたくない――」

「これはあなたの問題じゃないのよ、アダム」こんなことはいいたくないけれど、彼にわかってもらわなくてはならない。「アダムはわたしにとって、とても大事な人よ。わたしを愛してくれた。だれも味方がいないときに、あなただけはわたしを気にかけてくれた。わたしがあなたのことを思っていないなんて、考えないで。わたしはあなたを思ってる。でも、この決断はあなたとは関係ない。わたし、わたし自身の問題なの。そして、こんな生活は」わたしはドアを指さす。「あの壁の向こうの生活は、わたしの望むものじゃない」

その言葉は、アダムをもっと動揺《どうよう》させただけだった。

「じゃあ、君は死んだほうがいいというのか？」彼はまた怒りだす。「そういっているのか？　ここでおれとの生活を築くより、死んだほうがマシだと？」

「死んだほうがマシよ」わたしは彼の伸ばした手から、じりじりと後ずさる。「ものもいえない息の詰まる生活に戻るくらいなら」

アダムがいい返そうとしたとき――なにかいおうと口を開いたとき――壁の向こうから騒がしい物音がした。わたしたちはぎょっとして顔を見合わせると、ドアを開けてリビングに駆けこんだ。

わたしの心臓が止まる。動きだす。また止まる。

ウォーナーがいた。

玄関でポケットに両手を突っこみ、少なくとも六丁の銃を向けられているのに、平然と立っている。わたしの頭が猛然《もうぜん》と働き、次にどうするべきか、どうするのが最善かをはじきだそうとする。けれどわたしを見ると、ウォーナーの表情が変わった。まるで季節が変わるように、冷たく引き結ばれた口元がみるみるほころび、明るいほほえみが花開く。目を輝かせてわたしに笑いかけるようすは、自分にたくさんの武器が向けられていることなど気にしていないか、気づいてもいないかのようだ。

どうして、わたしの居場所がわかったんだろう？

わたしが前へ動きだすと、アダムに腕をつかまれた。わたしはふり向き、急にアダムに苛立ちを感じている自分に驚く。彼に苛立っている自分まで、腹立たしい。アダムとの再会がこんなふうになるなんて、思いもしなかった。こんなの、いや。もう一度、再会をやり直したい。

「なにしてるんだ？」アダムがいう。「あいつに近づくな」

わたしの腕をつかむアダムの手を見つめる。顔を上げて、彼の目を見る。

アダムはひるまない。

「放して」

わたしがいうと、彼はなぜか驚いたように無表情になる。自分の手に目を落とし、だまってわたしの腕を放す。

　わたしはできるだけアダムと距離をとり、ケンジを探して室内に目を走らせる。すぐにケンジの鋭い黒い目と目が合う。ケンジは片方の眉を上げて見せた。首を傾けて唇《くちびる》をぴくりと動かし、わたしに任せるといっている。この機会を大事にしたほうがいい。わたしは仲間をかきわけてウォーナーの前へ行くと、銃を構えるみんなのほうをふり返り、ウォーナーの代わりに撃たれたりしないことを祈る。

　わたしはなんとか冷静にうったえた。「お願い、彼を撃たないで」

「なんでだよ？」イアンが銃を持つ手に力をこめる。

「やあ、ジュリエット」ウォーナーがわたしの耳元にかがんでいう。その声はじゅうぶんみんなに聞こえる大きさだ。「わたしを守ってくれて感謝する。しかし実のところ、これくらいの状況は自分で対処できる」

「八対一なのよ」わたしはあきれ返って恐怖を忘れる。「しかも全員、あなたに銃を向けてる。わたしがあいだに入らなきゃ、大変なことになるに決まってるじゃない」

　後ろでウォーナーの笑い声がした。一度だけ。その直後、室内のすべての銃が天井へ飛んだ。わたしはひとりひとりの顔に浮かんだ驚きの表情を見て、ぎょっとふり向く。

「なぜ、いつもためらう?」ウォーナーはあきれたように首をふりながら、室内を見回す。「撃ちたいなら、撃て。つまらん芝居でわたしの時間を無駄にするな」

「いったい、どうやったんだ?」とイアン。

ウォーナーはなにもいわない。慎重《しんちょう》に手袋の指を一本一本引っぱってはずす。

「だいじょうぶ」わたしはウォーナーにいう。「みんな、もう知ってるから」

ウォーナーは顔を上げる。驚いた顔をして、少しほほえむ。「本当か?」

「ええ。わたしが話したの」

ウォーナーの笑みがほとんど自嘲《じちょう》のようなものに変わる。顔をそむけ、天井を見つめる目が笑っている。そしてようやくキャッスルをあごで指す。キャッスルはなんとなく気に入らなそうな表情で、この騒ぎを眺めている。「能力を借りたんだ」ウォーナーはイアンにいう。「ここにいるおまえたちから」

「なんだと」イアンが怒鳴《どな》る。

「目的はなんなの?」リリーが両の拳《こぶし》を握りしめ、部屋の奥の隅《すみ》で立っている。

「おまえたちに用はない」ウォーナーは答える。「わたしはジュリエットを拾いに来ただけだ。おまえたちの……パジャマパーティーを邪魔する気はない」そういって、リビングの床に積み重なった枕と毛布に目をやる。

アダムは警戒して体を強ばらせている。「なにをいっているんだ？　彼女はおまえなんかとどこへも行きはしない」

ウォーナーは頭の後ろをかく。「まったく鼻持ちならないやつだ。それでよくくたびれないな。おまえには、轢死体《れきしたい》の腐ったはらわたなみの魅力しかない」

不意に苦しそうな息遣いが聞こえて、わたしは音のするほうを向く。

ケンジが手で口を押さえ、必死で笑いをこらえている。頭を震わせ、申し訳なさそうに片手を上げる。やがてこらえきれずに噴き出した。げらげら笑いながらも、声を抑えようとして鼻を鳴らしている。「わりい」ぎゅっと口を閉じたが、また口元を震わせる。「こいつは笑ってる場合じゃねえ。うん。笑ってねえぞ」

アダムはケンジの顔を殴りかねないようすだ。

「つまり、われわれを殺す気はないと？」ウィンストンがいう。「われわれを殺すつもりがないのなら、われわれに殺される前にさっさと出ていくべきではないでしょうか」

「ああ」ウォーナーはさらりと答える。「おまえたちを殺すつもりはない。そのふたりは始末してもかまわんが」アダムとケンジをあごで指す。「いまは少しばかり面倒だ。おまえたちの悲しいみじめな暮らしに、もう興味はない。わたしがここに来た目的は、ジュリエットを安全に連れ帰ることだけだ。彼女と早急に片づけなければならない仕事があるんでね」

「だめだよ」とつぜん、ジェイムズの声がした。なんとか立ち上がって、まっすぐウォーナーの目をにらんでいる。「ジュリエットの家はここだ。連れていかせるもんか。ジュリエットはだれにも傷つけさせない」

ウォーナーの眉毛《まゆげ》がひょいと上がる。この十歳児の存在にたったいま気づいたかのように、本心から驚いているようすだ。ウォーナーとジェイムズは、いままで実際に会ったことはない。おたがいが兄弟であることを、どちらも知らない。

わたしはケンジを見る。ケンジもこちらを見る。

劇的瞬間だ。

ウォーナーは心を奪われたかのように、ジェイムズの顔を見つめている。片ひざをつき、ジェイムズと目線を合わせる。「そういうおまえはだれだ？」

室内のだれもが、だまって注視している。

ジェイムズはまばたきするばかりで、すぐには答えない。ようやく両手をポケットに突っこみ、床を見つめていい返す。「ぼくはジェイムズ。アダムの弟。そっちは？」

ウォーナーは首をわずかにかしげる。「名乗るほどの者じゃない」そういって、ほほえもうとする。「しかし、おまえと会えてうれしいよ、ジェイムズ。ジュリエットを心配するおまえの気持ちは、すばらしい。だが、これだけはいっておく。わたしは彼女を傷つけるつもりは一切ない。彼女がわたしとの約束を果たすのを見たいだけだ」

「どんな約束をしたの？」とジェイムズ。

「おお、どんな約束だよ？」ケンジが割りこむ。急に大きく、怒りのこもった声になる。

わたしは顔を上げて見回す。だれもがわたしを見ている、わたしの答えを待っている。アダムは恐怖と驚きで目を見開いている。

わたしはウォーナーと目を合わせ、はっきり答える。「わたしは行かない。あなたと基地に残ると約束した覚えはないわ」

顔をしかめるウォーナー。「ここに残るというのか？　なぜ？」

「仲間が必要だからよ。みんなもわたしを必要としてる。なにより、わたしたちは全員で協力しなきゃならないし、そろそろとりかかったほうがいいでしょ。それに、そこそ基地に出入りするのは、いや」そして、つけたす。「わたしに会いたければ、あなたがここに来ればいい」

「おい——待てよ——みんなで協力するってなんのことだよ？」イアンが口をはさむ。「それに、なんでそいつにここに来ればいいなんていうんだ？　いったい、なにをいってるんだ？」

「やつとどんな約束をしたんだ、ジュリエット？」アダムが大声で責める。

わたしはみんなのほうを向く。ウォーナーの横に立ち、アダムの怒りの眼差しと向き合い、とまどっている仲間の顔を見る。だれもがいまにも怒りだしそうだ。

短い時間でこんな事態になるなんて。

わたしは覚悟を決めて、短く息を吸いこむ。

「わたしは戦う準備ができている」みんなに語りかける。「このなかには、敗北感に打ちひしがれている人や、もう望みはないと思っている人がいるのもわかってる。なにしろ、オメガポイントがあんなことになってしまったんだもの。でも、双子のソーニャとセアラはまだ生きていて、わたしたちの助けを必要としてる。世界じゅうの残された人たちもよ。わたしはいまになって尻ごみするために、ここまでやってきたんじゃない。行動を起こす準備はできたわ。ウォーナーが援助を申し出てくれたの」

わたしはまっすぐケンジを見る。「彼の申し出を受けたわ。彼と手を組み、ともに戦い、アンダースンを倒し、再建党を倒すと約束した」

ケンジは険しい顔をする。怒っているのだろうか？　はらわたが煮えくり返っているのだろうか？

わたしはほかの仲間を見る。「もちろん、みんなもいっしょに戦ってほしい」

「何度も考えてみた」わたしはつづける。「やっぱり、わたしたちにはまだチャンスがあると思う。みんなの力にウォーナーの力がプラスすれば、きっと勝ち目はある。ウォーナーは再建党の事情や父親のアンダースン総督《そうとく》のことをよく知っている。ウォーナーがいなければ、わたしたちには知りようのないことよ」

わたしは固唾《かたず》をのんで、ショックを受けて強ばったみんなの顔を見回す。「でも」あわててつけたす。「みんながもう反撃する気になれないとしても、その気持ちはよくわかる。わたしにここにいてほしくないというのなら、その決断を尊重する。いずれにしても、わたしの気持ちはもう決まってる」わたしは宣言する。「みんなが協力してもしなくても、わたしは戦う。再建党を倒すか、死ぬか。わたしにほかの選択肢はない」

室内は長いあいだ静まり返っている。わたしは目を落としている。怖くてみんなの顔を見られない。

最初に口を開いたのは、アーリアだった。

「わたしはジュリエットと戦う」静けさのなか、アーリアの小さな声が力強く頼もしくひびいた。わたしが顔を上げて目を合わせると、アーリアはにっこりした。気恥ずかしさとみなぎる決意で頰《ほお》を紅潮《こうちょう》させている。

すると、わたしに答える隙《すき》もあたえず、ウィンストンの声が飛んできた。

「わたしも戦います。この頭痛が治まり次第ということになりますが、ええ、わたしも参加します。いまさら失うものはなにもありません」肩をすくめる。「それに、世界を救うのは不可能だとしても、双子を取り返すためだけにも一矢《いっし》報《むく》いてやりたいものです」

「おれも」ブレンダンがわたしにうなずきかける。「おれも戦う」

イアンは首を横にふっている。「どうして、この男を信用できる？　こいつが嘘をついていないという保証があるか？」

「そうよ」リリーも声を張り上げる。「こんなの、間違ってると思う」じっとウォーナーを見すえる。「だいたい、どうしてあなたがわたしたちを助けたがるわけ？　いったい、いつから信用できる人間になったの?」

ウォーナーは髪をかき上げ、冷たい笑みを浮かべる。ちらりとわたしを見る。おもしろがってはいない。

「わたしを信用しないほうがいい」ウォーナーがやっと口を開き、顔を上げてリリーの目を見る。「おまえたちを助けることに興味はない。事実、ついさっき、ここへはジュリエットを迎えに来ただけだとはっきりいったはずだ。彼女の仲間を助ける約束などしていないし、おまえたちの生存と安全を保証するつもりもない。したがって、おまえたちが求めているものが安心なら」彼はいう。「わたしにはいっさい提供できないし、する気もない」

イアンは間違いなくほほえんでいる。

リリーは少し怒りがやわらいだようだ。

ケンジはやれやれと首をふっている。

「わかったよ」イアンがうなずく。「オッケー」額をさする。「で、どんな作戦があるんだ?」

「おい、みんな、頭がおかしくなったのか?」アダムが爆発する。「だれと話しているのか、忘れたのか? こいつはいきなり押し入ってきて、ジュリエットを連れていこうとしてるんだぞ。そんなやつと手を組んでいっしょに戦うというのか？　オメガポイントを破壊した張本人と？　みんな、こいつのせいで死んだんだぞ！」

「それはわたしの責任ではない」ウォーナーが鋭くいい返し、顔をくもらせる。「わたしが命じたことではないし、あんなことが起こっていたとは知らなかった。わたしがオメガポイントから脱出して基地へ向かっているときには、すでに父の作戦は実行に移されていた。あの戦闘にも、オメガポイントの攻撃にも、わたしは関わっていない」

「それは真実よ」リリーがいう。「オメガポイントへの空爆を指示したのは、総督《そうとく》だもの」

「そうですね、わたしは基本的にこの男を憎んでいますが」ウィンストンが親指でウォーナーを指して、つけたす。「彼の父親のことは、それよりはるかに憎いです。アンダースン総督《そうとく》はわたしたちを誘拐した。部下に命じて、わたしたちを監禁した。犯人は第45セクターの兵士ではありませんでした。そういうわけで」ウィンストンはソファの上で背すじを伸ばす。「ぜひとも、総督《そうとく》がゆっくりとみじめに死んでいく姿を眺めたいものです」

「正直いって」ブレンダンもいう。「復讐《ふくしゅう》にはあんまり興味ないほうだけど、いまだけはすごくそそられる」

「あの野郎が血を流すところを見てみたいな」とイアン。

「われわれに共通点があって、じつによかった」ウォーナーは苛立たしげにつぶやき、ため息をついてわたしを見る。「ジュリエット、おまえからもひと言どうだ？」

「くっだらない！」アダムが怒鳴って、みんなを見回す。「どうして、そんな簡単に自分を見失えるんだ？　なんで、こいつのやったことを――おれにしたことや――ケンジにしたことを忘れられるんだ？」アダムはくるりとこちらをふり向く。「こいつにどんな目に遭《あ》わされたか知ってるだろ？　こいつはおれをもう少しで殺すところだった――血を流しているおれを放置し、あとでたっぷり拷問《ごうもん》して殺すつもりだったんだぞ――」

「おい、アダム・ケント、どうした――落ち着けって」ケンジが前に出てくる。「おまえが頭に来てるのはわかる――おれだっていい気分じゃねえ――けど、戦争の余波でめちゃくちゃな状況だ。思いもよらない協力関係だって生まれるさ」肩をすくめる。「アンダースンを倒すにはこの方法しかねえんなら、考えてみるべきじゃねえか――」

「信じられない」アダムはケンジの話をさえぎり、室内を見回す。「こんなことになるなんて、信じられない。みんな、どうかしてる。イカれてる」後頭部をつかむ。

「こいつはサイコ野郎で——人殺しだぞ——」

「アダム」わたしはなだめようとする。「お願い——」

「いったい、なにがあったんだ？」アダムがこちらを向く。「もう君のことがわからない。君は死んだと思っていた——こいつに殺されたと思っていた」アダムはウォーナーを指さす。「その君がいま、ここに立って、君の人生をめちゃくちゃにしようとした男と協力するだって？　ほかに生きる目的がないから反撃する？　おれのことは？」アダムは詰問する。「おれたちの関係は？　いつから、それだけじゃ足りなくなったんだ？」

「これはわたしたちの問題じゃないのよ」わたしは説得しようとする。「お願い、アダム——説明させて——」

「おれは出ていく」唐突《とうとつ》にいって、アダムはドアへ向かう。「いまは、ここにはいられない——一日のうちに、ろくでもないことが山積みだ。もうたくさんだ——」

「アダム——」わたしは彼の腕をつかむ。話をしようと最後の努力をしてみるけれど、彼にふりほどかれてしまう。

「これはみんな」アダムはわたしの目を見て、つらそうに小さな声をふりしぼる。「君のためだった。おれは自分の知っていた世界をすべて捨てた。君といっしょにいられると思っていたから。いずれ君とふたりで生きていけると思っていたからだ」彼の目はとても暗く、とても深く、とても傷ついている。彼を見ていると、わたしは体を丸めて死んでしまいたくなる。「君はなにをやっているんだ?」声に必死さがにじんでいる。「なにを考えているんだ?」

わたしは彼に答えを求められていることに気づく。

彼が待っている。

そこに立って、待っている。わたしの返事を待っている。まるで、見世物を楽しむように眺めているみんなの前で。アダムがわたしにこんなことをするなんて、信じられない。ここで。こんなときに。みんなの前で。

ウォーナーの前で。

わたしはアダムと目を合わせようとする。けれど、あまり長くは彼の目を見ていられなかった。

「おびえて暮らすのは、もういやなの」わたしが感じているよりしっかりした口調に聞こえていることを祈る。「反撃しなきゃならない」彼にうったえる。「わたしたちは同じことを望んでいたんじゃなかったの?」

「いいや――おれが望んでいたのは君だ」アダムは懸命《けんめい》に落ち着いて話そうとしてい

る。「おれの望みは、それだけだった。最初からだよ、ジュリエット。君だ。おれがほしかったのは、君だけだった」

わたしは言葉を失う。

口がきけない
アダムをこんなふうに傷つけるわけにはいかない。わたしはなにもいえない。けれど彼は待っている、こちらを見つめて待っている。「わたしにには、それだけじゃ足りない」言葉をしぼりだす。「わたしもあなたがほしかったわ、アダム。でも、わたしにはそれだけじゃ足りない。自由になりたいの。お願い、わかって――」

「やめろ！」アダムが爆発する。「そんなバカな話をわかってくれなんていうな！もう付き合いきれない」ソファから上着をつかむと、ドアを開け、乱暴に閉めて行ってしまった。

しばらく、しんと静まりかえる。

わたしはアダムを追いかけようとする。

そんなわたしの腰にケンジが手を回して、後ろへ引き戻す。わかっているという目で、わたしを見つめる。「ケントのことはおれがなんとかする。あんたはここに残って、自分の引き起こしたごたごたの後始末をしろ」そういって、あごでウォーナーを指す。

わたしはぐっと感情をのみこむ。なにもいわない。

ケンジがいなくなってやっと、わたしは残っているみんなに向き直る。そしてまだふさわしい言葉を探しているとき、意外な声がした。

「いやあ、ミズ・ジュリエット・フェラーズ」キャッスルだ。「君が戻ってきてくれて、じつにうれしいよ。君がいると、状況がいつもぐんとおもしろくなるからね」

イアンがわっと泣きだした。


みんながいっせいに、キャッスルのそばに集まる。ジェイムズなんて、ほとんどタックルしている。イアンはみんなをかきわけ、もっとキャッスルに近づこうとしている。キャッスルはにこやかな顔で、少し声を出して笑っている。やっと、わたしの知っているキャッスルらしくなってきた。

「わたしはだいじょうぶだ」キャッスルの声は疲れきっている。まるで言葉を口から出すのが大仕事のようだ。「心配してくれて、心から感謝するよ。すぐ元気になる。

もう少し時間が必要なだけ、それだけだ」

わたしはキャッスルの目を見る。近づくのは怖い。

「すまないが」キャッスルはアーリアとウィンストンに声をかける——自分の両側のいちばん近くにいるふたりだ。「立つのに手を貸してくれ。新しい訪問者に挨拶《あいさつ》したい」

わたしのことじゃない。

みんながあわてて支えたけれど、キャッスルは立ち上がるのにかなり苦労した。それでも、部屋全体が急に変わったようだった。さっきまでより明るく、しあわせな感じ。みんなの悲しみがこんなにもキャッスルの状態に関係していたことを、わたしはわかっていなかった。

「ミスター・ウォーナー」キャッスルが部屋の奥からまっすぐウォーナーを見る。「われわれの仲間に加わってくれて、じつにうれしい」

「わたしは仲間になどなっていな——」

「いつかこうなると、ずっと前からわかっていた」キャッスルは少しほほえむ。「わたしは歓迎する」

ウォーナーは間《ま》の抜けた顔をしないように自分を抑えているようだ。

「そろそろ、宙に浮かべた銃を下ろしてもいいんじゃないか」キャッスルはいう。「君のいないときは、わたしが銃を管理しておくと保証する」

みんな、ちらりと天井を見上げる。ウォーナーのため息が聞こえるとすぐに、銃がゆっくりと下りてきて、カーペットの上にそっと着地した。

「よろしい」とキャッスル。「さて、君さえよければ、わたしは念入りにシャワーを浴びたくてたまらないのだが。早々に退出することを無礼と思わないでほしい」そして、つけたす。「君と話し合う時間は、これからの数週間でたっぷりあると確信しているからね」

ウォーナーは返事代わりに口元を引き締める。

キャッスルはほほえんだ。

ウィンストンとブレンダンがキャッスルを支えてバスルームへ連れていき、イアンはキャッスルの着替えを用意しろと声を張り上げる。わたし、ウォーナー、ジェイムズ、アーリア、リリーが部屋に残った。

「ジュリエット？」

わたしはウォーナーに目をやる。

「ちょっといいか？　ふたりきりで話したい」

わたしはためらう。

「ぼくの部屋、使いなよ」ジェイムズが割りこんだ。「かまわないから」

わたしはジェイムズを見る。わたしとウォーナーに、こんなにも気前よく自分の部屋を貸そうといってくれるジェイムズに衝撃《しょうげき》を受ける。しかもジェイムズは、お兄さんのアダムが怒りを爆発させるのを見せられたばかりなのだ。

「アダムなら、だいじょうぶだよ」ジェイムズはわたしの心を読んだかのようにいう。「ただ、ストレスがたまってるだけだから。アダムはたくさん心配事を抱えてるんだ。食べ物やなんかが、もうすぐなくなっちゃうって悩んでる」

「ジェイムズ――」

「ほんとにだいじょうぶだよ。ぼくは、アーリアとリリーといっしょにいるから」

わたしはふたりの女の子に目をやる。けれど、表情からはなにもわからない。アーリアはかすかに同情するようにほほえむだけ。リリーのほうは、ウォーナーを探るようにじろじろ見ている。

わたしはやっとため息をついて、緊張を解く。

ウォーナーのあとから小さな物置部屋に入ってドアを閉める。

彼は少しも時間を無駄にしない。

「なぜ、おまえの仲間をわたしたちの計画に誘う？　わたしは彼らといっしょにやるつもりはないといっただろう」

「どうして、わたしの居場所がわかったの？」わたしはいい返す。「あなたにもらった発信機のボタンは押してないのに」

ウォーナーはわたしの目をのぞきこむ。グリーンの鋭い瞳《ひとみ》がわたしの瞳《ひとみ》をつかまえて、手がかりを求めて奥を探っている。けれど、彼の視線の強さにわたしはいつも耐えられない。つながれた縄を解くような気分で、ついすぐ目をそらしてしまう。

「単純な推理だ」彼はやっと答える。「おまえの仲間のなかで、オメガポイントの外に家があった人間はアダム・ケントだけだ。よけいな騒ぎを起こさずに避難できる場所は、彼のかつての家しかない。というわけで、まずここを見にきた」ウォーナーはかすかに首をふる。「おまえはそう思っていないようだが、ジュリエット、わたしはバカではない」

「あなたをバカだなんて思ったことないわ」わたしは驚く。「おかしいとは思っていたけれど、バカとは思ってない」少しためらって、白状する。「それどころか、頭脳明晰《めいせき》だと思ってる。わたしもあなたみたいに頭がよかったらいいのに」彼から目をそらし、すぐ戻す。わたしったら、どうしてすぐよけいなことをいってしまうんだろう。

ウォーナーの表情が晴れる。おかしそうに目元にしわを寄せ、ほほえんでいる。

「われわれのチームに、おまえの仲間を入れるのはいやだ。気に入らない」

「あなたが気に入らなくても、かまわないわ」

「彼らは足手まといになるだけだ」

「いいえ、戦力になると思う」わたしは主張する。「彼らはオメガポイントでうまくやれなかった、あなたがそう思っているのは知ってる。でも、あの人たちは生き延びる方法を心得ている。全員、すごい力を持ってるのよ」

「完全に打ちのめされているじゃないか」

「深い悲しみに耐えているだけよ」わたしは苛立つ。「みんなを見くびらないで。キャッスルは生まれついてのリーダーだし、ケンジは非凡な能力がある優秀な戦士よ。ときどきバカなことをするけれど、それがただの見せかけってことくらい、あなたはだれよりもよくわかってるでしょ。ケンジはだれよりも頭がいい。それにウィンストンとアーリアは、材料さえあれば必要なものをなんでも作れる。リリーは一度見たものを写真のように正確に思い出せるし、ブレンダンは電気をあやつることができる。ウィンストンは手足を伸ばしてどんな形にもできるのよ。それからイアンは……」わたしは口ごもる。「ええと、イアンは……なにかすごいことができるんだと思う、きっと」

ウォーナーは少し笑う。笑みはだんだん小さくなって完全に消え、不安げな表情が浮かぶ。「それで、アダム・ケントは？」ようやくたずねる。

わたしは青ざめる。「アダムがなに？」

「彼にはどんな力があるんだ？」

わたしは少しためらってから答える。「アダムは優秀な兵士よ」

「それだけか？」

胸の鼓動《こどう》が速くなる。激しくなる。

ウォーナーは目をそらし、慎重《しんちょう》にさりげない表情と口調でいう。「彼が気になるんだな」

質問じゃなかった。

「ええ」わたしはなんとかいう。「当然でしょ」

「気になるのは、正確にいうと、どこまでだ？」

「なにをいいたいのか、わからない」わたしは嘘をつく。

ウォーナーは壁を見つめて身じろぎもしない。目を見ても、なにを考えているのか、どう感じているのか、まったくわからない。「彼が好きなのか？」

わたしは呆然《ぼうぜん》とする。

ここまでストレートに質問するために彼がどんな思いをしているか、わたしには想像もつかない。彼の勇敢さに、ほとんど感心してしまう。

けれどわたしは、初めてどう答えていいかわからなくなる。一週間か二週間前なら、迷いなく答えただろう。アダムが好きとはっきりわかっていたし、そう口に出していうのも怖くなかった。でもいまは、そもそも人を好きになるのがどういうことかわかっているのかと、自分に問いかけずにいられない。アダムに対するこの気持ちは愛なのか、それとも単なる好意で肉体的魅力を感じているだけなのか。だって、もしアダムのことが好きなら——本当に、心から愛しているのなら——なぜ、わたしはいまためらっているの？　わたしはそんなに簡単に、彼の人生から、彼の苦しみから、自分を切り離してしまえるの？

この数週間、アダムのことをすごく心配してきた——彼の受けた訓練の影響や、父親がアンダースン総督《そうとく》だとわかったことを思うと、すごく心配だった——けれど、その気持ちが愛情から出たものなのか、罪悪感から出たものなのかはわからない。アダムはわたしのためにすべてを捨てた。わたしといっしょにいたいと思ってくれたから。でも、認めるのはとてもつらいけれど、わたしが基地から逃げたのは、彼といっしょにいたかったからじゃない。アダムとのことは、大きな理由じゃなかった。彼の存在が原動力になったわけでもない。

わたしが逃げたのは、自分のためだ。自由になりたかったからだ。

わたしはウォーナーの低いささやきで我に返り、しゃきっと意識を現実に引き戻す。たった
いま気づいた真実を、くよくよ考えていてはいけない。

「ジュリエット？」

わたしはウォーナーと目を合わせる。「なに？」

「彼を好きなのか？」ウォーナーはもう一度たずねる。今度はさっきより穏やかだ。

わたしは急に、五文字の言葉を口にしなくてはならなくなる。まさか、自分がいうとは思いもしなかった言葉を。「わからない」

ウォーナーは目を閉じる。

息を吐き、肩と口元から緊張が解け、ついにもう一度こちらを見ると、彼の目には物語が浮かんでいた。いままで見たこともない思いと感情とささやきが宿っている。彼がけっして口に出すつもりのない真実が見える。それは、ありえないこと、信じられないこと、彼のなかには存在しないと思っていた豊かな感情だ。安堵《あんど》で、彼の全身から余分な力が抜けていく。

目の前に立っているこの青年を、わたしは知らない。ぜんぜん知らない人、まったくの別人。わたしだって両親に捨てられていなければ、けっして理解できなかったと思う。

「ジュリエット」彼がささやく。

彼がどれだけ近くにいるか、いま初めて気づく。その気になれば、彼の胸に顔を押しつけることもできる。そうしたければ、彼の胸に両手を押し当てることもできる。

わたしがそうしたいのなら。

「いっしょに基地に戻ってほしいと、心から思っている」ウォーナーはいう。

「それはできない」わたしは答える。胸の鼓動《こどう》が急に速くなる。「わたしはここに残らなきゃ」

「しかし、それは現実的とはいえない。われわれには計画が必要だ。戦略を話し合う必要がある――それには何日かかかる――」

「計画なら、もうあるわ」

彼の眉毛《まゆげ》が跳ね上がる。わたしは首を傾け、彼をきっと見つめてから、ドアへ手を伸ばす。

ドアの向こうで、ケンジが待っていた。

「おふたりさんよ、いったいなにをしてるんだ？　さっさと出てこい」

わたしはまっすぐリビングに入る。ウォーナーがすごく近くにいるときに頭のなかで起こるあれやこれやから、距離を置きたい。新鮮な空気が吸いたい。新しい脳がほしい。窓から飛び出し、ドラゴンに乗ってここから遠い世界へ飛んでいきたい。

けれど顔を上げて冷静になろうとした瞬間、アダムがこちらを見ているのに気づいた。見えなければいいと思っているものが見えてしまったかのように、しきりにまばたきしている。わたしはたちまち顔が熱くなって、トイレにいるところを見つかったわけでもないのにと驚いてしまう。

「アダム」自分の声が聞こえる。「違うの——そうじゃないの——」

「いまは話したくない」アダムは首をふり、喉《のど》を締めつけられているような声でいう。

「いまは君の近くにいるのもいやだ——」

「そんなこといわないで。彼とは話をしていただけ——」

「話をしていただけ？　ふたりきりで？　おれの弟の部屋にこもって？」アダムは両

手で持っていた上着をソファに放る。正気を失いかけているような笑い声を上げる。髪をかき上げ、天井を見る。そしてわたしに目を戻す。「いったい、どうなってるんだ、ジュリエット？」歯を食いしばってたずねる。「いま、なにが起こっているんだ？」

「その話はみんなのいないところでしない――？」

「だめだ」アダムの胸は大きく波打っている。「いま話したい。だれに聞かれようとかまわない」

わたしの目がさっとウォーナーへ動く。彼はジェイムズの部屋のすぐ外で壁にもたれ、胸の前でのんびりと腕を組んでいる。冷静にアダムを眺め、じっと聞いている。

不意にウォーナーが身を固くした。まるで、わたしの視線を感じたかのようだ。顔を上げ、きっかり二秒間わたしを見て、目をそらす。なんだか笑っているみたい。

「なぜ、あいつを見てばかりいるんだ？」アダムが目を怒らせて責める。「そもそも、なんであいつなんかに目をやる？　あのイカれたサイコ野郎に、どうしてそこまで興味を持つ――」

もう、うんざり。

たくさんの秘密も、わたしの心のなかの葛藤《かっとう》も、このふたりの兄弟にまつわる罪悪感と混乱にも、いいかげんうんざり。なにより、いま目の前でこんなに怒っているアダムは好きじゃない。

　ちゃんと話をしようとしても、アダムは耳を貸そうとしない。わたしが冷静に事情を説明しようとしても、食ってかかる。わたしが正直に話しているのに、彼は信じてくれない。じゃあ、どうすればいいの？

「実際、君とやつとのあいだはどうなってるんだ？」アダムはまだ詰問してくる。

「本当にどうなってるんだよ、ジュリエット？　嘘をつくのはやめてくれ――」

「アダム」わたしは彼をさえぎり、意外と冷静な声が出たことに驚く。「いまは、みんなで話し合わなきゃならないことがたくさんあるのよ。こんな話をしてる場合じゃない。わたしたちの個人的な問題を、みんなの前で披露する必要はないわ」

「つまり、認めるんだな？」アダムはさらに怒る。「おれたちに問題があることを、おかしな状態になっていることを――」

「ここしばらく、ずっとおかしいでしょ」わたしはいらいらしてくる。「あなたとまともに話もできな――」

「ああ、そのろくでなしをオメガポイントに連れてきてからずっとな」アダムはそういうと、ふり向いてケンジをにらむ。「あれは、おまえのアイデアだった――」

「なんだよ、おれを痴話喧嘩《ちわげんか》に引きずりこむな」ケンジはいい返す。「おまえらの問題を、おれのせいにすんじゃねえ」

「ジュリエットがあの野郎と長い時間をすごすようになる前は、おれたちはうまくいっていた――」アダムがいいかける。

「それをいうなら、おれたちがまだ基地にいた頃から、彼女はいつもやつといっしょだったじゃねえか――」

「やめて！」わたしは割って入る。「お願い、わかって。ウォーナーは協力しに来てくれたの。わたしたちと同じように、再建党を倒してアンダースン総督《そうとく》を倒したいと思ってる――ウォーナーはもう敵じゃない――」

「そいつがおれたちに協力する？」アダムは目を丸くして、驚いたふりをする。「へえ、このあいだ、おれたちと共に戦うといったときみたいにか？　そのすぐあとに、オメガポイントを抜け出して姿を消したみたいにか？」アダムは信じられないというように、声を上げて笑う。「まさか君が、こんなやつの戯言《たわごと》にだまされるとはね――」

「これは罠《わな》とか策略じゃないの、アダム――わたしはバカじゃない――」

「本気でいってるのか？」

「どういう意味？」アダムがわたしを侮辱《ぶじょく》するなんて、信じられない。

「本気で、自分はバカじゃないといっているのか？」アダムはぴしゃりといい返す。

「いまの君がひどくばかばかしい行動をとっているからさ。もう君の判断を信用していいのか、わからないんだよ」

「どうしちゃったの――」

「君こそ、どうしちまったんだ？」アダムは怒りに燃える目で怒鳴り返す。「君はこんなことする人じゃない。こんな態度をとるような人じゃない。いまの君はぜんぜん違う人みたいだ――」

「わたしが？」聞き返すわたしの声が高くなる。これまで一生懸命、自分の感情をコントロールしようとしてきたけれど、もう無理だ。アダムはみんなの前でこんな話をしたいといってるのよね？

わかった。

みんなの前で話そう。

「わたしが変わったのだとしたら」アダムに向かっていう。「あなただって変わった。わたしの知ってるアダムは、親切で、やさしくて、こんなふうにわたしを侮辱《ぶじょく》したりしない。最近、あなたがつらい状況にあるのは知ってる。わたしは理解しようとしてるし、辛抱強く見守ろうと思っているし、あなたに時間をあげようとしている――でも、この数週間は、わたしたちみんなつらい思いをしてるのよ。みんな過酷な経験をしてきたけれど、おたがいを責めたりしない。傷つけあったりしない。なのに、あなたはケンジに感じよくすることすらできない。以前はケンジと友だちだったでしょ？　それがいまは、ケンジが冗談を飛ばすたびに、彼を殺したそうな目で見る。わたしにはわからない――」

「君はこの部屋にいる全員をかばうんだな、おれ以外は」アダムはいう。「そんなにケンジが好きだから、ずっとケンジといっしょにいるのか――」

「彼はわたしの友だちよ！」

「おれは君の恋人だ！」

「いいえ、恋人じゃない」

アダムは体を震わせ、両の拳《こぶし》を握りしめている。「信じられない」

「わたしたちは別れたのよ、アダム」わたしの声は落ち着いている。「ひと月前に別れたじゃない」

「そうだったな。別れる理由を、君はこういった。おれを愛しているから。傷つけたくないから」

「そうよ。あなたを傷つけたくない。傷つけたいと思ったことなんて、一度もない」

「じゃあ、いま君がしていることはなんだ?」アダムは声を荒げる。

「あなたとどう話していいかわからない」わたしは首をふる。「理解できない――」

「ああ――君はなにもわかっちゃいない」アダムがすかさず切り返す。「おれのことも、自分のことも、自分がサイコ野郎にやすやすと洗脳される愚かな子どもみたいな真似《まね》をしていることも、わかっていない」

時間が止まった気がした。

わたしのいいたいひと言ひと言が、いいたかったひと言ひと言が、形になって床へ落ち、あわてて立ち上がる。いくつもの段落がわたしのまわりに壁を作りはじめる。組み合わさる方法を見つけながら、わたしを閉じこめ、正当化していく。つながり、織り上がって、逃げ場を奪っていく。口にされない言葉たちのあいだにある空白という空白がよじのぼってきて、わたしの開いた口に入りこみ、喉《のど》から胸へ下りていく。わたしは空白に満たされて、浮き上がってしまいそう。

呼吸する。

激しく。

喉《のど》のつかえが取れる。

「ちょっといいかな、邪魔をしてすまない」ウォーナーが前に出てくる。「ジュリエット、わたしはもう行かねばならない。おまえは本当にここにいたいのか？」

わたしは凍りつく。

「出ていけ！」アダムが怒鳴る。「おれの家からとっとと出ていけ、クソ野郎。戻ってくるな」

「そうか」ウォーナーは小首をかしげてわたしを見る。「気にするな。どうやら、おまえに選択肢はないようだ」わたしに手を差し出す。「行こうか？」

「彼女はどこへも行かない」アダムがウォーナーに食ってかかる。「おまえとは行かない。おまえと手を組んだりもしない。さっさと消えろ」

「アダム、やめてっ」思っていたより怒った声が出てしまうけれど、もうかまわない。

「あなたの許可なんて必要ない。わたしはこんなふうに生きていくのはいやなの。もう隠れたくない。あなたはわたしといっしょに来る必要はないわ——理解する必要もない。でも、もしわたしを愛しているなら、邪魔しないで」

ウォーナーはほほえんでいる。

アダムが気づいた。

「いいたいことでもあるのか？」

「いいや、ないとも」ウォーナーはいう。「ジュリエットはわたしの助言など求めていない。それに、おまえはまだわかっていないようだが、この喧嘩《けんか》がおまえの負けであることは、だれの目にも明らかだ、ケント」

アダムがきれた。

拳《こぶし》を振りかぶって突進し、殴ろうとする。あまりに急な展開に、わたしには息をのむしかなかった。そのとき、パシッと音がした。

アダムの拳《こぶし》がウォーナーの顔の数センチ前で止まっている。ウォーナーの手につかまれている。

アダムは驚いて言葉を失い、行き場のなくなったエネルギーで全身を震わせている。ウォーナーは弟の顔に顔を近づけ、小声でいう。「わたしと戦おうなどと思わないことだ、愚か者が」そしてアダムの拳《こぶし》を力いっぱい押し返す。アダムは後ろに吹っ飛び、床に激突する寸前で体勢を立て直した。

アダムは立ち上がり、突進する。怒りがさらに増している。

ケンジがアダムにタックルした。

「放せ」、「かまうな」と怒鳴るアダムを、ケンジは強引に反対方向へ引っぱっていく。そしてなんとか玄関のドアを開け、アダムを連れて外に出る。

ふたりの後ろで、ドアが乱暴に閉まった。

あ、ジェイムズ――それが最初に頭に浮かんだ。

はっとふり向き、どうかだいじょうぶですようにと室内を探す。けれど、リリーが気をきかせて、ジェイムズを自分の部屋に連れていってくれていた。

ほかのみんなは、わたしを見ている。

「いったい、なんなんだ？」最初に静けさを破ったのは、イアンだ。イアンも、ブレンダンも、ウィンストンも、ぽかんとわたしを見ている。アーリアは少し離れて立ち、両手で自分の体を抱きしめている。キャッスルはまだシャワー室にいるに違いない。

だれかに肩をさわられて、わたしはびくっとする。

ウォーナーだった。

彼はわたしの耳元に口を寄せ、わたしにだけ聞こえる声でいう。「もうこんな時間だ、ジュリエット。わたしはもう基地へ戻らねばならない」少し休む。「何度も聞いてすまない。だが、本当にここに残りたいのか？」

わたしは顔を上げ、ウォーナーの目を見てうなずく。「ケンジと話があるの。わたしにはもう、ほかのみんながどう思っているのかわからない。けれど、ケンジなしでやるのはいやなの」わたしはためらう。「ケンジがいなくても、できるとは思う。そうするしかないのなら。でも、それじゃいやなの」

ウォーナーはうなずく。わたしの後ろのどこかを見ている。「わかった」少し顔をしかめる。「いつの日か、彼のどこがそれほどすばらしいのかわかったら、教えてくれるか？」

「だれのこと？　ケンジ？」

ウォーナーはもう一度うなずく。

「ああ」わたしは驚いてまばたきする。「ケンジは大事な友だちよ」

ウォーナーはわたしを見て、片方の眉《まゆ》を上げる。

わたしは見つめ返す。「なにか問題でも？」

ウォーナーは自分の両手を見下ろし、首をふる。「いや、もちろん問題などない」静かに答え、咳《せき》払いをする。「ところで、わたしは明日戻ってくればいいのか？　イチサンマルマル時に」

「いま、いまから……一三〇〇時間後ってこと？」

ウォーナーは声を上げて笑い、顔を上げる。「十三時のことだ」

「わかったわ」

すると、彼がわたしの目をのぞきこんだ。少し長すぎるくらいほほえんでから、背を向けて外に出ていく。だれにも、ひと言もなしで。

イアンがぽかんとわたしを見ている。まただ。

「おれは――かなり混乱してるけど」ブレンダンは目をぱちくりさせている。「ところで――なにが起きたんだ？　あいつ、君にほほえんでたよね？　正真正銘、ほほえんでたよね？」

「わたしには、あいつがあなたに惚《ほ》れているように見えました」ウィンストンは顔をしかめている。「ですが、たぶん、わたしの頭が混乱しているせいでしょう。そうですよね？」

わたしはひたすら壁を見つめる。

ケンジが玄関のドアを乱暴に開けた。

なかに入ってくる。

ひとりだ。

「おい」ケンジはわたしを指さし、険しい目でにらむ。「こっちに来い、いますぐだ。

ふたりだけで話がある」

わたしがのろのろとドアへ向かうと、ケンジがわたしの腕をつかんで外へ引っぱりだす。それから、ふり向いて「みんな、飯でも食っててくれ」と声を張り上げてから、わたしを連れてその場を離れる。

アダムの家のすぐ外の階段の前に立つ。わたしは初めて、たくさんの階段があることに気づいた。どれもどこか上の方へ伸びている。

「こっちだ、プリンセス」ケンジがいう。「ついてきな」

わたしたちは階段をのぼる。

ひとつながりの階段を四つ、五つ。たぶん、八つ。ひょっとしたら、五十かも。わからない。わたしにわかるのは、てっぺんに着く頃には息が切れていて、それを決まり悪く感じていることだけ。

やっと普通に呼吸できるようになると、思いきって周囲を見てみる。

すごい。

そこは屋上だった。外だ。世界は真っ暗で、だれかが空に吊り下げた星と細い月しか見えない。わたしはときどき、こんなふうに思ってしまう。この世界にはいろいろなことがあったのに、それでもまだ多くの惑星が存在していて、まだ夜空にきちんとならんでいて、まだなんとか仲よくやっているのだろうか？　だとしたら、わたしたちは夜空の星から学ぶべきことがあると思う。

風がからみついてきて、体が体温を調節しようとして震える。

「こっちだ」ケンジが屋根の出っ張りを指す。出っ張りの端にすわって、両脚をぶらぶらさせる。落ちれば即死だ。「心配すんな」わたしの顔を見て、ケンジはいう。「だいじょうぶだって。おれはよくここにすわってるんだ」

わたしもようやく彼の横にすわり、勇気を出して下を見る。両足が世界の上でぶらぶらしている。

ケンジはわたしに片方の腕を回し、肩をさすって暖めてくれる。

「で、いつ決行する？　もう日にちは決めてあるのか？」

「え？」わたしは驚く。「なんのこと？」

「あんたがそういうバカげたふるまいをやめる日だよ」ケンジがぎろりとわたしをにらむ。

「ああ」わたしは縮こまり、空《くう》を蹴《け》る。「それなら、たぶん永久に来ないと思う」

「だよな」

「うるさいっ」

「ところで、おれはアダム・ケントがどこへ行ったのか知らねえ」

わたしは硬直する。背すじを伸ばす。「だいじょうぶかしら？」

「そのうち、元気になるさ」ケンジはあきらめのため息をつく。「いまはただ、とにかく頭にきてるだけだ。それと、傷ついてる。恥ずかしいってのもあるだろう。とにかく、あらゆるいやな感情に苦しんでる」

わたしはまた目を落とす。ケンジが片方の腕をわたしの首にゆったりとかけて、引き寄せる。自分の横にぴったりと引き寄せる。わたしは彼の胸に頭をあずける。

ふたりのあいだで、いくつもの瞬間が、ひとときが、思い出が、築かれては壊れていく。

「ケントとあんたは本気だと思ってたよ」ようやくケンジがいう。

「ええ」わたしは小声になる。「わたしもそう思ってた」

数秒の時間が屋根から飛び下りる。

「わたしってひどい女ね」しゅんとした声になる。

「ああ、ちげえねえ」ケンジはため息をつく。
わたしはうなって、両手に顔をうずめる。
ケンジはまたため息をつく。「あんま、気にすんなって。ケントの態度も悪かった」
大きく息を吸いこむ。「しかし、ありゃないぜ、プリンセス」ケンジはこちらを見て
わずかに首をふると、空に目を戻す。「あの話はマジだったのか？　ウォーナーの？」
わたしは顔を上げる。「なんのこと？」
ケンジは片方の眉《まゆ》を上げて見せる。「あんたがバカじゃないのはわかってる。だか
ら、バカのふりをするのはやめてくれ」
わたしはあきれて天を仰ぐ。「もう、その話はしたくないんだけど――」
「あんたの気持ちなんか、知ったことか。とにかく話してもらう。ウォーナーみたい
な野郎と恋に落ちて、おれに理由もいわねえなんてのは許さねえ。あんたの頭かどっ
かに、あいつがチップを埋めこんだりしてねえか、確認する必要がある」
わたしは丸々一分くらいだまりこむ。
「ウォーナーと恋に落ちてなんかいないわ」静かに答える。
「そいつは確かか？」
「確かかよ。わたしはただ――わからない」ため息。「自分になにが起きているのか、

よくわからないの」

「ああ、ホルモンの乱れってやつか」

わたしはケンジをにらむ。「真面目な話をしてるのよ」

「おれもだ」ケンジは首を傾けて、わたしを見る。「つまり、なんだ、生物学とかそういう話さ。科学的な話。たぶん、あんたの女性機能が科学的に混乱してるのさ」

「わたしの女性機能？」

「おっと、失礼」ケンジは気分を害したふりをする。「おれに正しい解剖学用語を使ってほしいのか？　おれがあんたの女性機能を恐れないからって――」

「はいはい、もういいわよ」わたしは小さく笑おうとしたけれど、残念なことにため息が出ただけだった。

ああ、なにもかも変わっていく。

「彼はただ……イメージとぜんぜん違うの」自分が説明しているのが聞こえる。「ウォーナーのこと。彼はみんなが思っているような人じゃない。やさしくて思いやりがある。それに、父親に信じられないくらいひどいことをされてる。あなたには想像もつかないことを」ウォーナーの背中にあった無数の傷跡を思い出し、言葉がとぎれる。

「そして、なにより……わからない」わたしは闇を見つめる。「彼は本当に……わたしを信じてくれてるっていうか」ちらりとケンジを見上げる。「バカみたいに聞こえる？」

ケンジは疑いの目を向ける。「アダムだって、あんたを信じてるじゃねえか」

「ええ」わたしは闇を見つめたまま答える。「そうかもしれない」

「どういう意味だよ、そうかもしれないって？　あいつは、空気を発明したのはあんただと思ってるぞ」

わたしはほとんどほほえんでいる。「アダムが好きなわたしは、どのわたしなのかわからない。いまのわたしは、学校にいた頃とは違う。もう、あの頃の女の子じゃない。でも、アダムが望んでいるのは、あの頃のわたしだと思う」わたしはケンジをちらりと見上げる。「彼はわたしに、無口でいつもおびえている少女でいてほしいみたい。守ってあげなきゃと思わせる、いつも気にかけてあげなきゃいけないタイプの女の子。わたしには、彼がいまのわたしを好きかどうかわからない。この状況に彼が対処できるかどうかもわからない」

「つまり、あんたがものをいえるようになったとたん、あいつの夢が全部ぶっ壊れちまったってことか？」

「屋根から突き落とすわよ」

「わかった、アダムがあんたを好きになれない理由がはっきりわかった」

わたしはあきれて、目をぐるりと回す。

ケンジは声を上げて笑い、わたしを引っぱっていっしょに後ろに倒れる。頭の下にはコンクリート、夜空がわたしたちを包む。まるで、染料の入った大桶《おけ》に落っこちたみたい。

「なるほど、これでいろんなことが腑《ふ》に落ちたよ」ようやくケンジがいう。

「どんなこと？」

「よくはわかんねえけどよ――あんたはほぼずっと閉じこめられてたんだろ？　つまり、これまでたくさんの男とべたべたしてきたわけじゃねえ」

「なんですって？」

「たぶん――アダムは初めて……あんたにやさしくした男だった。そう、恐らく、あんたにやさしくした世界で初めての人間だった。しかも、あいつはあんたに触れることができる。おまけに、知ってのとおり、ツラも悪くない」少し休む。「正直いって、あんたを責められないと思う。孤独はつらい。だれだって、ときにはちょっとばかりヤケになるもんさ」

「そうね」わたしはゆっくりいう。

「おれはただ、あんたがアダムに惚《ほ》れたのは、そういう事情のせいじゃないかといっているんだ。わかりやすくいえば、ほかにいなかったから。だいたい、あいつ以外にだれがいた？　あんたの選択肢は、とんでもなく限られていた」

「ええ」わたしは穏やかにいう。「そうかもしれない。ほかに選択肢がなかったから」わたしは笑おうとして失敗し、喉《のど》につかえた感情をぐっとのみこむ。「ときどき、なにが真実かさえわからなくなる」

「どういう意味だ？」

わたしは首をふる。「わからない」独り言のようにつぶやく。

重苦しい間《ま》があく。

「本当に好きだったのか……？」

わたしは少し迷って答える。「そう思うけど。やっぱり、わからない」ため息。「だれかを好きになって、それから好きじゃなくなるなんてこと、ありえる？　わたしは愛がなにかすらわかってないと思う」

ケンジはふうっと息を吐く。片手で髪をかき上げ、小声でぼやく。「やれやれ」

「ねえ、ケンジはだれかを好きになったことある？」わたしは横向きになってケンジを見る。

彼は空を見上げ、何度かまばたきする。「いいや」

わたしはがっかりして、仰向けに戻る。「そう」

「気が滅入《めい》るよな」

「ええ」

「おれたち、ついてねえよな」

「ええ」

「じゃあ、なんでそんなにウォーナーを気に入ってるのか、もっぺん教えてくれ。やつは、例えば、一糸まとわぬ姿になったりしたのか？」

「はあ？」わたしは息をのむ。暗いおかげで赤面しているのがケンジに見えなくてよかった。「そんなわけないでしょ」あわてて否定する。「彼はそんな――」

「違う違う、プリンセス」ケンジは爆笑する。「そんなつもりでいったんじゃねえよ」

わたしはケンジの腕を叩く。

「おい――やさしくしてくれよ！」彼は抗議して、痛むところをさする。「おれはあんたより弱いんだぞ！」

「わたしが能力をほぼコントロールできるようになったのは、知ってるでしょ」にっこりして見せる。「もう力の強さを加減できるのよ」

「そいつはめでたい。この腐った世界が元通りになったら、すぐ風船を買ってやるよ」

「ありがと」わたしは喜ぶ。「ケンジは優秀な先生ね」

「おれはなんでも優秀だ」

「それに、偉そうにしないし」

「ついでに、イケメンだろ」

わたしはむせる。

「まだ、おれの質問に答えてもらってねえ」ケンジはもぞもぞして両手を頭の下に入れる。「なんでそんなに、あのお坊ちゃんが好きなんだ?」

わたしは短く息を吸いこみ、夜空でいちばん明るい星に目をこらす。「彼といるときの自分が好きなの」静かに答える。「ウォーナーはわたしのことを、強くて賢くて有能だと思ってる。わたしの意見を尊重してくれる。彼といると、対等の立場に立っていると思えるの。わたしも彼と同じくらい、あるいはもっと、いろんなことを成し遂げられる気がする。それに、わたしがすごいことをしても彼は驚きもしない。むしろ、期待している。彼はわたしを、ずっと守ってあげなきゃならないか弱い女の子みたいに扱ったりしない」

ケンジは鼻を鳴らす。

「そりゃあ、あんたがか弱い女の子じゃねえからだろ。それどころか、だれもがあんたから身を守らなきゃならねえくらいだ。まるで猛獣《もうじゅう》だもんな」そして、つけたす。「いや、猛獣といっても、かわいい猛獣だ。敵を引き裂き、大地を叩き割り、人の命を吸いとっちまうかわいい獣《けもの》だ」

「あっそ。ありがと」

「おれはあんたの味方だ」

「わかってる」

「つまり、こういうことか？　あんたが好きなのは、やつの人柄。それだけなんだな？」

「どういう意味？」

「だから、今回の件はすべて」ケンジは片手をふってみせる。「やつがセクシーで、鼻持ちならない野郎で、ずっとあんたにさわっていられるってこととは、なんの関係もないんだな？」

「へえ、ケンジってウォーナーのこと、セクシーだと思ってるんだ？」

「そういうことじゃねえよ」

わたしは噴き出す。「ウォーナーの顔は好きよ」

「やつに触れられることもか?」

「触れられるって?」

ケンジはわたしを見て、目を見開き、両方の眉を上げてみせる。「いいか、おれはアダムじゃねえ。カマトトぶったってムダだ。あんた、いったよな。ウォーナーはあんたにさわれて、あんたに夢中で、あんたもやつを好きだって。しかも、昨夜はやつの部屋に泊まったんだろ。それにさっきは、やつと物置部屋にこもってた――いや、あれは子ども部屋だったな。それでも、やつとはまったくなにもないっていうのか?」

ケンジはわたしを見すえる。「そういうことなのか?」

「ええ」わたしは小声で答える。顔から火が出そう。

「あんたは急速に成長しているだけだ。初めて他人に触れてもらえるようになって、舞い上がっちまってる。おれはただ、あんたがここの公衆衛生の決まりを守っているか確認したいだけ――」

「いいかげんにして」

「おいおい――ただ注意してるだけじゃ――」

「ケンジ?」

「なんだよ?」

わたしは深呼吸して、星をかぞえようとする。「わたしはどうすればいい?」

「なんのことだ?」

わたしはためらう。「なにもかも」

ケンジは奇妙な音を立てる。「おれにわかるわけねえだろ」

「あなたにも参加してほしいの」

ケンジは後ろに体をそらす。「参加しねえなんて、だれがいった?」

心臓がスキップする。わたしは彼を見つめる。

「なんだよ?」ケンジは怪訝《けげん》な顔をする。「驚いてんのか?」

「参加してくれるの?」息もつけない。「いっしょに戦ってくれるの? ウォーナーがいっしょでも?」

ケンジはほほえみ、夜空を見上げる。「まあな」

「ほんとに?」

「おれはあんたの味方だ。それが友だちってもんだろ」

アダムの家に戻ると、キャッスルが奥の隅《すみ》に立ってウィンストンと話をしていた。

ケンジが玄関の敷居で凍りつく。

ケンジはキャッスルが立ち上がったところを、まだ見ていなかったのだ。わたしはそのことを忘れていた。ケンジの姿に胸が痛む。わたしはひどい友だちだ。彼に自分の悩みをさんざん聞いてもらったくせに、彼の悩みを聞いてあげようなんて思いもしなかった。彼だって、すごくたくさんの悩みを抱えているに違いないのに。

ケンジはふらふらと部屋を横ぎり、一度も足を止めずにキャッスルのそばへ行き、彼の肩に手を置いた。キャッスルがふり向く。部屋じゅうのみんながぴたりと止まって、見守っている。

キャッスルはほほえむ。一度だけ、うなずく。

ケンジはキャッスルに思いきりハグをして、数秒間だけ抱きしめて腕をほどく。見つめあうふたりは、無言でわかりあっているようだ。キャッスルはケンジの腕に手を置く。

にやりと笑うケンジ。

そしてくるりとふり向き、こちらにほほえみかける。わたしは急にうれしくてたまらなくなる。今夜ケンジは晴れ晴れした気分で眠れると思うと、安堵《あんど》と興奮とでつもない喜びで胸がいっぱいになる。わたしは幸福感で破裂してしまいそう。

そのとき、乱暴にドアが開いた。

わたしはふり向く。

アダムが入ってくる。

わたしの喜びはしぼんだ。

アダムはこちらを見もせずに歩いてくる。「ジェイムズ」弟を呼んで、部屋を横ぎっていく。「ほら、もうベッドに入る時間だぞ」

ジェイムズはうなずき、さっと自分の部屋に入っていく。アダムもあとから入って、後ろ手にドアを閉める。

「帰ってきたな」キャッスルはほっとした顔をしている。

少しのあいだ、だれもしゃべらなかった。

「よし、おれたちも寝る支度だ」ケンジは室内を見回す。部屋の隅《すみ》へ歩いていって、積み重ねられた毛布をつかみ、みんなに回す。

「みんな、床で寝るの？」

わたしの質問に、ケンジはうなずく。「ああ。ウォーナーのいってたとおりだ。ここの生活は、ほんとにパジャマパーティーみたいなもんなんだ」

わたしは笑おうとする。

でも、できない。

だれもがせっせと床に毛布を広げている。ウィンストンとブレンダンとイアンは部屋の片側にならび、アーリアとリリーは反対側に寝床を作る。キャッスルはソファで眠る。

ケンジが部屋の真ん中を指さした。「あんたとおれは、あそこだ」

「ロマンチックだこと」

「お望みなら」

「アダムは?」わたしは声を落としてたずねる。

ケンジは毛布を投げようとしたまま動きを止め、顔を上げる。「ケントはこっちには来ねえよ。ジェイムズと寝るんだ。かわいそうに、あのぼうず、毎晩怖い夢にうなされてる」

「あ」わたしは驚き、ジェイムズが悪夢を見ることを忘れていた自分が恥ずかしくなる。「そうだったわね」当然だ。ケンジもこのことを直接見て知っているに違いない。オメガポイントでも、ジェイムズとアダムと同室だった。

　ウィンストンがスイッチを切る。明かりが消える。毛布の動く音がする。「話し声が聞こえたら」ウィンストンがいう。「ブレンダンを差し向けて、顔に電気を流してもらいますからね」

「おれ、だれにもそんなことしないよ」

「じゃあ、自分の顔を感電させてもらいましょうか、ブレンダン」

「なんで、こんなやつと友だちなのかわからないよ」

「お願いだから、静かにして」リリーが部屋の隅《すみ》から叱りつける。

「聞こえたでしょう」とウィンストン。「みなさん、静かにしてください」

「しゃべってるのは、おまえだろ。バカ」イアンがいう。

「ブレンダン、彼の顔を感電させてください」

「うるさい、おれはだれにもそんなことしない――」

「おやすみ」

　キャッスルの声に、全員、息をのむ。

「おやすみ、リーダー」ケンジが小声で返す。

　わたしは寝返りを打って、ケンジと向き合う。暗がりで彼はにやりとする。わたしもにっこり笑い返す。

「おやすみなさい」わたしは声を出さずに、口だけ動かす。

ケンジはウィンクを返した。


わたしのまぶたがぴたりと閉じる。


アダムはわたしを無視している。

昨日のことはひと言も口にしない。怒りとか落胆のそぶりすら見せない。だれにでも話しかけ、ジェイムズと笑いあい、朝食の準備を手伝っている。わたしなんて存在しないかのようにふるまっている。

わたしはおはようと声をかけたけれど、アダムは聞こえていないふりをした。ひょっとしたら、本当に聞こえていなかったのかもしれない。たぶん、もうわたしの声が聞こえたりわたしの姿が見えたりしないように、脳を訓練したのだろう。

わたしは胸を殴《なぐ》られている気分になる。

何度も。

「ねえ、みんな毎日なにしてるの？」わたしは必死で会話を試みる。みんなで床にすわって、シリアルを食べている。遅めの起床に、遅めの朝食。まだだれも毛布を片づけようともせず、ウォーナーは約一時間後にここに現れることになっている。

「なにも」イアンが答える。

「まあ、主に死なないようにすることですかね」とウィンストン。

「すっごく退屈よ」リリーがいう。

「なんでそんなこと聞くんだ？」ケンジがわたしに聞き返す。「なにか考えでもあるのか？」

「え、ううん、ただ……」わたしはためらう。「そういえば、あと一時間したら、ウォーナーが来るわ。たぶん――」

キッチンでガシャンと大きな音がする。お皿が。流しにぶつかる音。スプーンが散乱する音。

アダムがリビングに入ってくる。

その目ときたら。

「やつはここには来ない」その十文字が、アダムからわたしに向けられた最初の言葉。

「でも、彼にそうするようにいっちゃったし」わたしは説明しようとする。「彼も来るって――」

「ここはおれの家だ」アダムの目は怒りに燃えている。「やつを入れるつもりはない」

わたしはアダムを見つめる。心臓が胸から飛び出しそう。彼がこんな憎しみの目でわたしを見ることができるなんて、思いもしなかった。本当に心から憎んでいる目だ。

「おい、ケント――」ケンジの声が聞こえる。

「うるさい！」

「なあ、兄弟、なにもそんないい方しなくても――」

「そんなにやつに会いたいなら」アダムはわたしにいう。「おれの家から出ていくんだな。とにかく、やつがここに戻ってくることはない。二度とない」

わたしはまばたきする。

現実のこととは思えない。

「じゃあ、ジュリエットはどこへ行きゃあいいんだよ？」ケンジがアダムに聞き返す。「道端に突っ立ってろってのか？ そしてだれかに通報されて、殺されりゃいいって？ 気は確かか？」

「もう、どうだっていい」とアダム。「彼女は好きなところへ行って、好きなことをすればいい」そして、わたしに向き直る。「やつといっしょにいたいんだろ？」ドアを指さす。「出ていけ。とっとと消えろ」

　わたしの体は氷に浸食されていく。

　よろよろと立ち上がる。脚がふらつく。わたしはうなずいていて、なぜか止まってはいけない気がしている。ドアへ歩いていく。

「ジュリエット――」

　はっとふり向く。呼んだのはケンジで、アダムじゃないのに。

「どこへも行くな」ケンジがわたしにいう。「止まれ。こんなこと、バカげてる」

　どんどんコントロールが利かなくなる。もう、ただの喧嘩《けんか》じゃない。アダムの目には混じりけのない純粋な憎悪が浮かんでいて、まさかの事態にわたしは完全に不意をつかれ――すっかり油断していて――どう反応していいかわからない。こんなことになるなんて、思いもしなかった――こんな状況になるなんて、想像もつかなかった。

　本当のアダムなら、わたしをこんなふうに彼の家から追い出したりしない。こんな口のきき方をするわけがない。わたしの知っているアダムは、こんな人じゃない。わたしが知っていると思っていたアダムは。

「ケント」ケンジがもう一度口を開く。「頭を冷やせ。ジュリエットとウォーナーのあいだにはなにもねえ、わかったか？　彼女はただ、自分が正しいと思うことをしようとしているだけ――」

「嘘だ！」アダムが爆発する。「そんなのは嘘だ。おまえもわかってるだろう。否定するとは、とんだマヌケだ。彼女はずっとおれに嘘をついてきた――」

「だいたい、おまえら付き合ってもねえんだろ？　彼女を自分の女みたいにいう権利はないだろうが――」

「おれたちは別れてない！」アダムが怒鳴る。

「いいや、別れたんだよ」ケンジがすかさず返す。「オメガポイントの住人はひとり残らず、地下トンネルでのおまえらの派手な喧嘩《けんか》を聞いてる。おまえらが別れたことは、おれたち全員が知ってる。いいかげん認めろ」

「あれは別れたうちに入らない」アダムの声はかすれている。「おれたちはまだ愛し合っていた――」

「へえ、そうかい？　どうでもいい。おれには関係ねえこった」ケンジは両手をひらひらさせて、あきれた顔をする。「だが、いまは戦争の真っ只中だ。しかも、ジュリエットは二日前に胸を撃たれて死にかけたんだぞ。彼女がおまえとのことより、もっと大きなことについて考えようとするのももっともだとは思わねえのか？　ウォーナーはむかつく野郎だが、力を貸すといって――」

「彼女はあのサイコ野郎を、恋人を見るような目で見ている」アダムは怒鳴り返す。「あの目がなにを意味しているか、おれがわからないとでも思うか？　おれが見破れないとでも思うのか？　以前はおれに向けられていた目だ。彼女のことはわかっている――よくわかっている――」

「いや、たぶん、わかってねえ」

「彼女をかばうのはやめろ！」

「おまえは自分がなにをいっているかも、わかってねえ」ケンジはいう。「バカげたふるまいをして――」

「以前のほうが幸せだった」アダムがいう。「彼女は死んだと思っていたときのほうが」

「本気じゃねえだろ。そんなことというなって、ケント。そういうことは、いっちまったら最後、取り返しのつかないことになるんだぞ――」

「本気だ。本当にそう思っているから、いったんだ」アダムがついにわたしを見る。両手を固く握りしめている。「君は死んだと思っていたほうが、ずっとマシだった。こんなことになるくらいなら、そっちのほうが心の傷もずっと浅かった」

壁が動いている。無数の点が見えて、わたしはまばたきをする。

これは現実じゃないと、自分にいい聞かせる。

ただの悪夢で、目が覚めれば、アダムはやさしくて思いやりのある素敵な人に戻っているはず。だって、彼はこんな人じゃない。わたしにこんなひどいことはしないもの。ぜったいに。

「君のことを、ほかのだれよりも」アダムはとてもうんざりした顔をしている。「信じていた――君には、話すべきでないことまで打ち明けてきた――それをいまになって、君はおれの信頼を裏切ろうとしている。よくも、そんなことができるな。よりによって、あいつを好きになるとは。いったい、どうしちまったんだ？」アダムの声はだんだん高くなっていく。「どこまで頭がおかしくなったんだ？」

わたしは怖くてなにもいえない。

怖くて、唇《くちびる》が動かない。

恐怖のあまり、ほんの少しでも動けば、体がぽきんと折れてしまいそう。まっぷたつに折れて、内臓の代わりにいまこらえている涙が詰まっているのが、みんなに見えるだろう。

アダムは首をふる。悲しい、ゆがんだ笑い声を上げる。「否定しようともしないんだな。信じられない」

「そのくらいにしとけ、ケント」とつぜんケンジが厳しい声で割って入る。「冗談でいってんじゃねえぞ」

「おまえには関係ない——」

「おまえこそ、バカな真似はいい加減にしろ——」

「おれがおまえのいうことなんか気にすると思うか？」アダムはケンジのほうを向く。「これはおまえの喧嘩《けんか》じゃない、ケンジ。いくら彼女が臆病《おくびょう》でなにもいえないからといって、おまえが彼女をかばう必要はない――」

　わたしは自分の体の外に足を踏み出した気がした。まるで自分の体が床にくずおれるのを見ているみたい。アダムが完全な別人に変身するのを、他人事のように眺めているみたい。言葉のひとつひとつ。彼が投げつける侮辱《ぶじょく》のひとつひとつが、わたしの体を破壊していく。もうすぐわたしは、血と鼓動《こどう》する心臓だけになってしまう。

「ちょっと出てくる」アダムはいう。「戻る頃には、彼女に消えていてもらいたい」

　泣いちゃだめ、わたしはひたすら自分にいい聞かせる。

　泣いちゃだめ。

　これは現実じゃない。

「君とおれとのことは」アダムが今度はわたしに話しかけている。その声はひどく怒っていて、荒々しい。「もう終わりだ。おれたちは終わった。その顔は二度と見たくない。この世界のどこだろうと会いたくないし、とくにおれの家では金輪際《こんりんざい》会いたくない」彼は荒い息をしながら、わたしをにらんでいる。「だから、出ていけ。おれが戻る前に出ていけ」

アダムはつかつかと部屋を横ぎる。コートをつかんで、ドアを開ける。乱暴にドアを閉め、壁が震えた。

わたしは部屋の真ん中に立ちつくし、虚空《こくう》を見つめている。急に、凍えそうになる。両手が、たぶん、震えている。それとも、震えているのは体だろうか。たぶん、体が震えているんだ。わたしは機械的に、ひどくゆっくりと体を動かす。頭のなかはまだぼうっとしている。なんとなくだれかに話しかけられているような気がするけれど、寒くてたまらないわたしは、コートをつかむのに精一杯。ここはすごく寒い。上着がいる。たぶん手袋も。震えが止まらない。

コートを着る。両手をポケットに突っこむ。だれかに話しかけられている気がするけれど、感覚に奇妙な靄《もや》がかかっていてなにも聞こえない。両手を拳骨《げんこつ》にすると、プラスティック片に触れた。

発信機だ。忘れていた。

ポケットから発信機を引っぱりだす。ちっぽけな黒い電子機器。薄い長方形で、横にボタンがひとつついている。わたしはなにも考えずにボタンを押す。何度も、何度も、何度も、押す。その行為が気持ちを落ち着けてくれる。なぜか、なだめてくれる。カチッ、カチッ。くり返しの動きがいい。カチッ。カチッ、カチッ。ほかにどうしていいかわからない。

カチッ。

両肩に手が置かれた。

はっとふり向く。すぐ後ろで、キャッスルがひどく心配そうな目をして立っていた。

「出ていくことはない。われわれがなんとかする。きっと解決できる」

「ううん」わたしの舌は塵《ちり》。歯はぼろぼろに崩れて消えた。「出ていかなきゃ」

わたしは発信機を押すのをやめられない。

カチッ。

カチッ、カチッ。

「こっちに来て、すわりたまえ」キャッスルがいう。「アダムはついかっとなっただけで、そのうち怒りも収まるさ。さっきの彼の言葉は、けっして本心ではないと思うよ」

「ぜったい本心だ」とイアン。

キャッスルは鋭い目でイアンをにらむ。

「出ていくなんて承知しませんよ」ウィンストンがいう。「みんなで共に戦うことになったじゃないですか。約束したはずですよ」

「そうよ」リリーも声を上げる。明るさをよそおっているけれど、その目は警戒していて、恐怖か不安に眉根《まゆね》を寄せている。わたしのために怖がってくれているのだ。

わたしを怖がっているんじゃない。

わたしの身を案じて、おびえている。

すごく奇妙な感じ。

カチッ、カチッ、カチッ。

カチッ、カチッ。

「あなたが行ってしまったら」リリーはにっこりしようとする。「あたしたちは永久にこんな生活をしなきゃいけなくなる。この先一生、汗くさい男たちと生活するなんて、いやよ」

　カチッ。

　カチッ、カチッ。

「行かないで」ジェイムズがいう。とても悲しそうな顔をしている。とても深刻な顔。

「アダムが意地悪なことをいって、ごめん。でも、ぼくはお姉ちゃんに死んでほしくない。それに、お姉ちゃんが死んでいたらよかったなんて思わない。ぜったい思わない」

　ジェイムズ。かわいいジェイムズ。この子の目を見ていると、胸が張り裂けそうになる。

「ここにはいられないの」自分の声が奇妙に聞こえる。かすれている。「あれはアダムの本心だから――」

「君がいなくなったら、おれたちけっこう残念なグループになっちゃうよ」ブレンダンがわたしをさえぎる。「おれもリリーのいうとおりだと思う。こんな生活、いつまでもつづけたくない」

「でも、どうすれば――」

　玄関のドアが勢いよく開いた。

「ジュリエット！　ジュリエット――」

わたしはくるりとふり向く。

ウォーナーが立っている。顔を上気させ、肩で息をして、幽霊でも見るような目でこちらを見つめている。わたしに声をかける隙《すき》もあたえずにずかずか入ってきて、両手でわたしの顔を包み、じっと観察する。「だいじょうぶか？　ああ――だいじょうぶなんだな？　なにがあった？　どうした？」

彼が来てくれた。

彼が来てくれて、わたしはばらばらになってしまいたくなる。けれど、そうはしない。

ぜったいにしない。

「ありがとう」どうにかお礼をいう。「来てくれて、ありがとう――」

ウォーナーは両腕でわたしを包む。こちらを見ている八対の目など気にもせず、ただわたしを抱きしめる。片方の腕をわたしの腰に回し、もう片方の腕でわたしの頭の後ろを支える。わたしは彼の胸に顔をうずめる。いまのわたしには、その温もりがとても懐かしい。不思議と心が安らぐ。彼はわたしの背中をなでて、顔を近づける。「どうした、ジュリエット？」彼はささやく。「なにがあった？　話してくれ――」

わたしはまばたきする。

「連れて帰ってほしいのか？」

わたしは答えない。

どうしたいのか、どうするべきなのか、もうわからない。みんなはここに残れといってくれるけれど、ここは彼らの家じゃない。ここはアダムの家だし、彼がわたしを憎んでいるのは明らかだ。そうはいっても、仲間と別れたくない。ケンジとさよならしたくない。

「わたしに去ってほしいのか？」ウォーナーがたずねる。

「いいえ」わたしはすかさず答える。「行かないで」

ウォーナーはわずかに体を離す。「どうしたいのか教えてくれ」切羽《せっぱ》つまった口調でいう。「わたしはなにをすればいいのか、いってくれ。そのとおりにする」

「こいつはまた、断トツで妙ちくりんな見世物だな」ケンジがいう。「まったく、信じられねえ。百万年たっても信じられないね」

「まるでメロドラマだな」とイアン。「ただし、演技はメロドラマ以下だ」

「わたしは、なかなかロマンチックだと思いますよ」ウィンストンもいう。

わたしははっと身を引きながら、ふり向く。みんなが注目している。にこにこしているのは、ウィンストンだけだ。

「どういうことだ?」ウォーナーがみんなにたずねる。「なぜ、彼女は泣きそうな顔をしている?」

だれも答えない。

「ケントはどこだ?」ひとりひとりの顔を見るウォーナーの目が、険しくなっていく。

「彼女になにをした?」

「出ていったわ」リリーが答える。「ついさっき、出ていった」

ウォーナーは顔をくもらせ、その情報を嚙みしめる。そしてわたしに向き直る。

「頼む、これ以上ここにはいたくないといってくれ」

わたしは両手に顔をうずめる。「みんな協力したいって――戦いたいっていってくれてる――アダム以外は。でも、みんなはここを出ていくわけにはいかないし、わたしもみんなを置いていきたくない」

ウォーナーはため息をつき、目を閉じる。「なら、残ればいい」やさしい口調だ。

「それがおまえの望みなら、ここに残れ。わたしはいつでも会いに来られる」

「残れない。わたしは出ていかなきゃ。二度とここに来るなといわれてるの」

「なんだと?」怒りがウォーナーの目に見え隠れしている。「どういう意味だ?」

「アダムがもう、わたしにここにいてほしくないと思ってるの。彼が戻ってくる前に、出ていかなきゃ」

ウォーナーの口元が強ばる。百年にも感じられるほど長々とわたしを見つめる。わたしには彼が解決策を見つけようとしているのが――信じられない速度で頭を働かせているのが――目に見えるようだ。「わかった」ようやく彼がいう。「わかった」息を吐く。「キシモト」わたしと目を合わせたまま、唐突《とうとつ》に声を張り上げる。

「はいよ、上官」

ウォーナーはあきれた顔をしそうになるのをこらえ、ケンジのほうを向く。「基地内のわたし専用訓練エリアに、おまえのチームを入れることにする。細かい調整に一日かかるが、到着次第、容易かつ安全に敷地内に入れるようにすると約束する。おまえは自分と仲間の姿を見えないようにして、わたしについてこい。われわれの作戦の第一段階を実行する準備ができるまで、そのエリアで好きにしていろ」少し休む。「これでいいか？」

ケンジはうんざりした顔をしている。「いいわけねえだろ」

「なぜだ？」

「おれたちを〝専用訓練エリア〟に閉じこめるんだろ？」ケンジは強い口調でいい返

す。「はっきりいえよ、おまえらを檻《おり》に放りこんで、ゆっくり殺してやるってよ。おれをアホだと思ってるのか？　そんな見え透いた嘘、信じるわけねえだろうが」

「定期的に十分な食事を提供する」ウォーナーは答える。「宿舎は簡素だが、ここより質素ではない」そういって室内を指す。「この話に乗れば、みんなで次の出方を考えて対処する機会が豊富に得られる。規制外区域にいれば、全員危険だ。おまえも仲間も、わたしのところに来たほうが安全だ」

「けど、なぜあんたがそんなことをするんだ？」イアンがたずねる。「なぜ、おれたちに力を貸し、食糧をあたえ、生かしておく？　わけがわからない――」

「わかる必要はない」

「あるに決まってるでしょ」リリーがいい返す。怒ってにらんでいる。「ほいほい基地に行って殺される気はないわ。これも危険な罠《わな》かもしれないし」

「わかった」とウォーナー。

「わかったってなにが？」リリーがきき返す。

「来なくていい」

「えっ」リリーはきょとんとする。

ウォーナーはケンジのほうを向く。「わたしの申し出を正式に断るんだな？」

「ああ、遠慮しとくよ」

ウォーナーはうなずいて、わたしを見る。「さて、われわれは立ち去るとするか?」

「でも──だめ──」わたしはあせり、ウォーナーを見て、ケンジを見て、またウォーナーを見る。「出ていくなんてできない──二度とみんなに会えなくなる──」

わたしはケンジを見る。

「ケンジはこのままここにいるつもりなの? わたしはもう二度と会えないの?」

「あんたはおれたちとここにいればいい」ケンジは腕を組む。「出ていく必要はない」

「わたしがここにいられないことは、わかってるでしょ」わたしは怒り、傷つく。

「アダムは本気で出ていけといったのよ──戻ってきたとき、まだわたしがいたら、すごく怒るはず──」

「じゃあ、出てくってのか?」ケンジはぴしゃりといい返す。「おれたちの前から消えるってのか?」みんなを指す。「アダムにきらわれたってだけで? おれたち全員をあきらめて、ウォーナーを取るってのかよ?」

「ケンジ──そんなつもりじゃ──わたしにはほかに生きていく場所がないのよ!

わたしにどうしろって──」

「残れ!」

「アダムに追い出される——」

「いいや、そんなことにはならない。おれたちがさせない」

「アダムにわたしを押しつけるわけにはいかない。彼に頼みこむつもりもない。せめて、尊厳《そんげん》の切れ端が残っているうちに立ち去らせて——」

ケンジはいらいらして両手を上げる。「くっだらねえ!」

「わたしと来て。お願い——みんなといっしょにいたいの——」

「無理だ。おれたちにそんな危険は冒せねえ。おまえらふたりのあいだになにがあったかは知らん」ケンジはわたしとウォーナーを指す。「ひょっとすると、あんたといっしょにいるウォーナーは、本当におれの知っているウォーナーとは違うのかもしれねえ。まあ、おれにはわかんねえけどよ——けど、個人的な感情や憶測で、みんなの命を危険にさらすことはできねえ。たぶんウォーナーは、あんたのことは気にかけているだろう。けど、残りのおれたちのことは屁《へ》とも思っちゃいねえ」そこでウォーナーを見る。「だろ?」

「なにが?」ウォーナーは聞き返す。

「おまえは、おれたちのことを気にかけてるか? おれたちが生き延びるにはどうすりゃいいかとか、おれたちにとってなにが幸福かとか?」

「いや」

ケンジは噴き出しそうになる。「まあ、少なくとも正直ではあるな」

「わたしの申し出はまだ有効だ。だが、おまえは愚かにも断るという」ウォーナーはいう。「おまえたちは全員ここで死ぬだろう。そのことは、わたしよりおまえたちのほうがよくわかっているはずだ」

「じゃあ、賭《か》けてみようぜ」

「なにいってるの」わたしは息をのむ。「ケンジ――」

「心配すんなって」ケンジはわたしに向かっていう。額にしわを寄せ、暗い目をしている。「いつかかならず連絡をとる方法を見つける。あんたは自分のするべきことをしろ」

「いや」わたしは反論しようとする。息をしようとする。肺がふくれ上がり、速すぎる心臓の鼓動《こどう》が耳にひびく。熱くて、冷たくて、熱すぎて、冷たすぎて、わたしに考えられるのは「いや」ということだけ。こんなつもりじゃなかった、ばらばらになってしまうなんて思ってなかった、そんなのいや、二度といや――

ウォーナーがわたしの両腕をつかんだ。「頼む」切羽《せっぱ》つまった、あせりのにじむ声でいう。「頼むからやめてくれ、ジュリエット、やめるんだ――」

「ケンジのバカ！」わたしはウォーナーをふりほどいて、爆発する。「いいかげん、バカなことをいうのはやめて。あなたはわたしと来なきゃいけないの――あなたが必要なの――」

「条件がある、ジュリエット――」ケンジは両手を頭にやって歩き回る。「なにもかもうまくいくといわれて、そのまま信用するわけにはいかねえ――」

わたしはウォーナーをふり向き、息を荒げて両の拳《こぶし》を握りしめる。「みんなが望むものをあげて。どんなものでもかまわない。お願い、交渉して。なんとか話をまとめて。わたしには彼が必要なの。みんなが必要なの」

ウォーナーは長いことわたしを見つめる。

「お願い」わたしはささやく。

ウォーナーは目をそらし、またこちらに目を戻す。

ようやくケンジの目を見て、ため息をつく。「望みはなんだ？」

「熱いお風呂に入りたいです」

ウィンストンがいって、くすくす笑いだす。

本当に笑っている。

「病気と怪我《けが》をしている者がふたりいる」ケンジは速やかに口調を変え、きびきびと歯切れよく、感情をこめずに伝える。「彼らには薬と医療処置が必要だ。監視や外出制限は断る。自動調理器にかけるメシよりマシなものを食わせてもらいたい。たんぱく質がほしい。果物、野菜、本物の肉がほしい。定期的にシャワーを浴びたい。新しい衣類も必要になるだろう。それと、常に武器を携帯させてもらう」

わたしの横に立つウォーナーは少しも動かず、息遣いさえほとんど聞こえない。わたしは頭がずきずきして、胸の鼓動《こどう》はまだ速いけれど、気分はだいぶ落ち着き、さっきより少しは呼吸が楽になっている。

「わかった」

ウォーナーがちらりとこちらを見下ろす。

一瞬わたしと目を合わせてから、目を閉じる。短く息を吐き、顔を上げる。

ケンジがまじまじとウォーナーを見る。「ちょっと待った——いまなんつった？」

「明日の一四〇〇時《イチヨンマルマルじ》にここに来て、おまえたちを新しい場所へ案内する」

「わお」ウィンストンはソファで跳ねている。「わお、わお、わお」

「荷物は持ったか？」

ウォーナーに聞かれ、わたしはうなずく。

「よし。行こう」

ウォーナーがわたしの手を握っている。

わたしには、この奇妙な事実に集中するエネルギーしかない。そんなわたしをうながし、ウォーナーは階段を下りて駐車場へ入っていく。戦車のドアを開け、わたしに手を貸して座席にすわらせ、ドアを閉める。

彼は向こう側のドアから乗りこむ。

エンジンをかける。

いつのまにか道路に出ていた。わたしはアダムの家を出てから、六回しかまばたきをしていない。

ついさっきの出来事が、まだ信じられない。みんなでいっしょに戦えるなんて、信じられない。わたしがウォーナーに指示をして、彼がそれを聞いてくれたことが信じられない。

ウォーナーを見る。変な感じ。彼のそばでこんなに安心と安堵《あんど》を感じたことはない。彼といっしょにいてこんな気持ちになれるなんて、思いもしなかった。

「ありがとう」わたしはささやく。これまでの出来事ひとつひとつに、感謝と後ろめたさを感じる。アダムを置いてきたことにも。わたしは後戻りのできない選択をしたのだと思う。気持ちはまだ傷ついている。「本当に」わたしはもう一度いう。「ありがとう。迎えに来てくれて。感謝する――」

「頼むから、やめてくれ」

わたしは固まる。

「おまえの苦痛にはとても耐えられない。苦痛はとくに強く感じ取れるのだ。おかげで、おかしくなりそうだ――頼むから」彼はわたしにうったえる。「悲しまないでくれ。傷つかないでくれ。後ろめたく思わないでくれ。おまえはなにも悪いことはしていない」

「ごめんなさい――」

「あやまるのもやめろ。まったく、わたしがアダム・ケントを殺さない唯一の理由は、そんなことをすれば、おまえがもっと動揺するだけだとわかっているからだ」

「あなたのいうとおりよ」少しおいて、わたしは答える。「でも、彼だけじゃない」

「なに？　どういうことだ？」

「あなたにだれも殺してほしくないってこと。アダムだけじゃなく、だれも」

ウォーナーは短く奇妙な笑い声を上げる。なんだかほっとしたように見える。「その他にはなにが？」

「ないわ」

「わたしに変わってほしいんじゃないのか？　わたしに努力してほしいことが、たくさんあるんじゃないのか？」

「いいえ」わたしは窓の外を見つめる。ひどく荒涼《こうりょう》とした、寒々しい景色。氷と雪におおわれている。「あなたに悪いところはなにもない。あるとしたら、それはわたしのほうが悪いんだと思う。わたしがもっと賢ければ、まず自分を変える方法を見つけるわ」

ふたりとも、しばらくだまりこむ。この小さな空間が緊張で凍りつく。

「エアロン？」わたしは窓の外を後ろへ流れていく景色を見つめたまま、たずねる。彼の息遣いにわずかなひっかかりが聞こえた。ためらっている。わたしがこんなにさりげなくファーストネームを呼びかけたのは、初めてだから。

「なんだ？」

「知っておいてほしいことがあるの。わたしはあなたのことを、頭がおかしいなんて思ってない」

「なんだ？」彼は驚く。

「わたしは、あなたがおかしいなんて思ってない」窓の向こうで、世界がぼやけて遠ざかっていく。「サイコパスだとも思わない。残忍でひねくれた怪物だとも思わない。血も涙もない殺人者とも思わないし、死ぬべきだとも思わない。哀れだとも思ってない。愚かだとも、卑怯《ひきょう》だとも思わない。あなたのことを、世間の人たちがいっているような人間だとは思わない」

わたしは彼のほうを向く。

ウォーナーはフロントガラスの向こうを見つめている。

「ほう」彼の声はとても小さくて、おびえていて、ほとんど聞き取れない。

「ええ、思わない。それを知っておいてほしいと思っただけ。あなたを変えようなんて思ってないし、変える必要があるとも思ってない。あなたを別の人間にしようなんて思わない。ただ、本来のあなたでいてほしい。わたしは本来のあなたを知っていると思うから。本当のあなたを見たことがあると思うから」

ウォーナーはなにもいわず、胸を大きく動かして呼吸している。

「ほかの人があなたのことをなんといおうと、気にしない。わたしはあなたをいい人だと思ってる」

ウォーナーはせわしくまばたきしている。息遣いも聞こえてくる。

吸って、吐く。

乱れた息遣い。

彼はだまっている。

「わたしのいってること……信じてくれる?」少しして、わたしはたずねる。「わたしが真実を話してるって、これが本心だって、感じ取れる?」

ハンドルを握るウォーナーの両手に、力がこもる。関節のまわりが白くなっている。

彼はうなずいた。

一度だけ。


ウォーナーはまだひと言も話しかけてくれない。

わたしたちはいま、彼の部屋にいる。協力してくれたドゥラリューは、ウォーナーがすぐに立ち去らせた。ここに戻ってくると、奇妙で懐かしい感じがする。この部屋は、わたしが恐怖と安心の両方を見つけた場所だ。

いまのわたしに、ふさわしい場所に思える。

ここはウォーナーの部屋。そしてウォーナーは、わたしにとって、もう怖い存在じゃない。

この数カ月間でわたしの目に映る彼は変わったし、この二日間は思いがけない発見に満ちていて、わたしはまだ驚いている。いまの彼が以前とはまるで違って見えることは、否定できない。

わたしはウォーナーのことを、これまでとはぜんぜん違うふうに理解している気がする。

彼は虐待されておびえる動物のよう。生まれてからずっと痛めつけられ、虐《しいた》げられ、檻《おり》に閉じこめられていた生き物。望んでもいない生き方を強要され、ほかの選択肢を一切あたえられなかった。しかも、人を殺すためのあらゆる道具をあたえられてきたのに、精神的にひどく虐《しいた》げられてきたせいで、その道具を実の父親に使うことができなかった――彼に人殺しになるよう教えこんだ張本人の父親に。説明しようのない奇妙な心の作用で、彼はまだ父親に愛されたがっている。

わたしには、それがわかる。

とても、よくわかる。

「なにがあった?」ウォーナーがやっと口を開く。

わたしは彼のベッドにすわっていて、彼はドアのそばに立って壁を見つめている。

「なんのこと?」

「アダム・ケントのことだ。わたしが行く前になにがあった? 彼になにをいわれた?」

「ああ」わたしは赤くなる。恥ずかしい。「アダムの家から追い出されたの」

「なぜだ?」

「アダムを怒らせちゃったの。わたしがあなたをかばったから。あなたを呼び戻そうとしたから」

「そうか」

ふたりの心臓の鼓動《こどう》が聞こえそうなほどの静けさ。

「わたしをかばったのか」ようやく、ウォーナーが口を開く。

「ええ」

彼はなにもいわない。

わたしもいわない。

「それで、彼はおまえに出ていけといったのか。おまえがわたしをかばったから」

「ええ」

「それだけか？」

わたしの胸の鼓動《こどう》が速くなる。急にどぎまぎしてしまう。「ううん」

「ほかにもなにかあったのか？」

「ええ」

ウォーナーは壁に向かってまばたきしている。動かない。「そうか」

わたしはうなずく。

彼はなにもいわない。

「アダムがかっとなったの」わたしは小さい声でいう。「あなたのことを頭がおかしいという彼に、わたしがうなずかなかったから。それで彼は責めた」少しためらう。

「わたしがあなたに好意を持ってるって」

ウォーナーは短く息を吐く。片手でドア枠に触れる。

わたしの心臓はすごい勢いで鼓動《こどう》している。

ウォーナーの目は壁に張りついたまま。「それでおまえは、彼にバカといったのか」

わたしは息を吸いこむ。「いいえ」

ウォーナーが半分だけふり向く。横顔と、乱れた呼吸に上下する胸が見える。いま、彼はまっすぐドアを向いている。明らかに、口をきくのがとても大変なようだ。「ならば、彼に頭がおかしいといったのか。そんなことをいうのは、頭がどうかしているからに違いないといったのか」

「いいえ」

「いいえ？」

わたしはじっとしていようとする。

ウォーナーは苦しそうに震える息をする。「じゃあ、彼になんといった？」

ふたりのあいだで、七つの秒が死ぬ。

「なにも」わたしは小声で答える。

ウォーナーは身じろぎもしない。

わたしは息もしない。

永遠とも思えるあいだ、どちらもしゃべらない。

「そうだろうな」やっとウォーナーがいう。顔は青ざめ、動揺《どうよう》しているように見える。

「おまえがなにかいうわけがない。当然だ」

「エアロン――」わたしは立ち上がる。

「明日の前にするべきことが山ほどある。おまえの仲間が基地に来るなら、なおさらだ」ウォーナーの両手が一瞬震えて、ドアへ伸びる。「悪いが、もう行かなければ」

わたしはお風呂に入ることにする。

いままでお風呂に入ったことは一度もない。

バスタブにお湯をためながら、バスルームのなかを見て回り、香りのいい石鹸《せっけん》を大量に発見する。あらゆる種類。あらゆるサイズ。どの石鹸も厚い防水紙に包まれ、糸でくくられている。それぞれに貼られた小さなラベルで、どんな香りかわかる。

わたしはひとつの包みを手に取る。

ハニーサックル

石鹸をつかむと、ここはまるで違うオメガポイントでのシャワーのことを考えずにはいられない。オメガポイントには、こんな上等な石鹸はなかった。変なにおいのする粗末な石鹸で、汚れもあまり落ちなかった。ケンジはそういう石鹸をトレーニングの場に持ってきて、小さく割り、わたしが集中していないときにぶつけるのに使っていた。

そんな思い出に、なぜか気持ちが高ぶる。

明日は仲間がここに来ると思うと、胸がいっぱいになる。本当に、みんなが来てくれるんだ。全員が団結すれば、わたしたちを止められるものはなにもない。ああ、待ちきれない。

石鹸のラベルをよく見る。

トップノートはジャスミンと、ほのかなグレープの香り。さらにライラック、ハニーサックル、ローズ、シナモンのやさしい香りをプラス。ベースノートにオレンジフラワーとベビーパウダーの香りを加え、完璧なフレグランスを実現しました。

素敵。

わたしはウォーナーの石鹸をひとつもらう。

体を洗ってさっぱりして、清潔な服を着る。

何度も自分の肌をかいでは、花のような香りがすることに驚き、喜んでしまう。この体からこんな香りがするなんて、初めて。腕をなでては、上等な石鹸を使うとこんなに滑らかになるのかとうっとりする。生まれてからいままで、自分の体がこんなに清潔に感じられたことはない。石鹸がこれほど泡立ち、きれいに肌を整えてくれるものだなんて、知らなかった。それまでの石鹸は、いつも肌を乾燥させ、二、三時間は不快感が残った。けれど、この石鹸は不思議だ。すばらしい。肌が柔らかく滑らかになって、とてもさっぱりする。

わたしにはなにもすることがない。

ウォーナーのベッドの上に横ずわりして、彼のオフィスのドアを見つめている。ドアの鍵が開いていないか、確かめてみたくてたまらない。

けれど、良心に止められる。

わたしはため息をついて、枕に頭をあずける。毛布を足で蹴《け》り上げ、その下にもぐりこむ。

目を閉じる。

たちまち、頭のなかにいろんなイメージが浮かんでくる。アダムの怒った顔、彼の震える拳《こぶし》、心ない言葉。記憶を頭から追い出そうとしても、できない。

わたしはぱっと目を開ける。

アダムとジェイムズの兄弟に、また会える日が来るのだろうか？

たぶん、これがアダムの望んでいたことだ。これで弟と元の生活に戻れる。ほかの八人と食糧を分け合わなくてもよくなるし、兄弟だけのほうがずっと長く生き延びられる。

でも、それからは？　わたしは考えずにはいられない。

アダムは弟とふたりきりになる。食糧もなくなる。仲間もいない。収入もない。想像すると、わたしは胸が張り裂けそうになる。生きていくすべを、弟を食べさせていく方法を見つけようと苦労するアダムを思うと、たまらない。たとえ、いまのアダムがわたしを憎んでいようと、わたしは彼に対してそんな気持ちにはとてもなれない。

アダムとのあいだに起きたことを、自分が理解しているかどうかすらわからない。こんなに急に、ふたりのあいだに亀裂《きれつ》が生じて別れることになるなんて、信じられない。わたしは心からアダムを気にかけている。だれも味方がいなかった頃、アダムだけがわたしの力になってくれた。わたしがいちばん希望を必要としていたとき、アダムがそれをくれた。だれも愛してくれなかったとき、彼だけがわたしを愛してくれた。彼は、わたしの人生から消えてほしい人なんかじゃない。

彼にそばにいてほしい。アダムという親友を取り戻したい。

けれどいまでは、ケンジのいっていたことは正しいと思う。

アダムはわたしに同情してくれた初めての人であり、たったひとりの人だった。わたしに触れることのできた最初で——あのときは唯一の——人だった。わたしはそのありえない幸運に夢中になり、彼といっしょになることが運命だと思いこんでいた。しかも、彼のタトゥーはわたしの夢に出てきた鳥とまったく同じだった。それがわたしたちの運命を示していると思った。わたしの脱走を示唆《しさ》していると思った。わたしたちには幸せな未来が待っていると思った。

ある意味、そのとおりだった。

でも、違った。

なにもわかっていなかった自分を、笑いたくなる。

あれがわたしたちを結びつけたんだと思う。あのタトゥーが。あれがわたしとアダムを結びつけたのであって、わたしたちがいっしょになる運命だったからじゃない。わたしにとって、彼がわたしを自由へと導いてくれる人だったからじゃない。そうじゃなくて、ふたりを結びつけるひとつの大きな要因があったからだ。わたしにもアダムにも見えなかったひとつの希望があったから。

ウォーナーだ。

頭に金の冠《かんむり》みたいな模様のある白い鳥。

金色の髪を持つ白い肌の青年。第45セクターのリーダー。

あれはウォーナーのことだったのだ。ずっと前から。

それが、わたしたちを結びつけていたのだ。

ウォーナー。アダムのお兄さんで、以前はわたしを捕えた人で、いまはわたしの同志。彼はたまたまわたしとアダムを結びつけ、わたしはアダムといっしょにいることで新たな力を手に入れた。まだおびえて傷ついていたわたしは、アダムに癒《いや》され、自分のために立ち上がる理由を見つけた。立ち上がる理由はずっと前からあったということが、まだ力がなくて理解できなかったときに、アダムが気づかせてくれた。それは愛情と触れ合いへの渇望だった。そのふたつは、わたしがそれまで徹底的に奪われてきたもので、まったく免疫のないものだった。その新しい経験と比較できるものは、わたしにはなにもなかった。

もちろん、わたしは恋をしていると思った。

でも、よくわからない。ただ、もしアダムが本当にわたしを愛しているなら、今日みたいなことはしないはずだ。わたしが死んでいたほうがよかったなんて、思わないはずだ。

それだけはわかる。彼と反対の例を見たことがあるから。

わたしは死にかけた。

あのとき、ウォーナーはわたしをそのまま死なせることもできた。彼は怒って傷ついていたし、わたしを見捨てる理由はいくらでもあった。わたしはその直前に彼の心をずたずたにしていた。彼に気をもたせるようなことをした。彼に心の奥底の感情を打ち明けさせ、アダムにさえ許したことのないさわらせ方もした。わたしは彼を止めようとはしなかった。

わたしのすべてがイエスといっていた。

そうしておいて、わたしはすべてを取り消した。恐怖ととまどいと葛藤《かっとう》を感じたから。アダムがいたから。

ウォーナーはわたしを愛しているといってくれたのに、わたしはそのお返しに彼を侮辱《ぶじょく》し、嘘をつき、怒鳴り、彼を押しやった。それでも彼は、わたしを見殺しにする機会があったのに、そうしなかった。

それどころか、わたしの命を救う方法を見つけてくれた。

なんの見返りも求めず。なんの期待もせず。わたしがほかの人を好きだとよく知っていながら、救ったところでわたしはほかの人の腕に飛びこむだけだと知っていながら。

いま、もしわたしがアダムの前で死にかけたら、アダムはどうするだろう？　わからない。助けてくれるかどうかもわからない。こんなふうに確信を持てないということは、わたしとアダムの関係はどこかおかしかった、どこか現実味がなかった、と考えるしかない。

たぶん、ふたりとも、もっとすばらしい幻のようなものに恋をしていたのだろう。

まぶたがぱっと開く。

真っ暗でしんとしている。わたしはあわてて起き上がる。

すっかり眠りこんでいた。時刻はわからないけれど、室内をすばやく見回すと、ウォーナーはいないようだ。

するりとベッドを出る。まだ靴下をはいていることが、急にありがたく思える。両手で自分の肩を抱かずにはいられない。冷たい冬の空気がTシャツの薄い生地に入りこんできて、震えてしまう。お風呂で洗った髪はまだ少し湿っている。

ウォーナーのオフィスのドアが、わずかに開いていた。

ドアの隙間《すきま》から細い光がもれている。ウォーナーが閉めるのを忘れたのだろうか？それとも、ちょうどオフィスに入っていったところ？　たぶん、ウォーナーはいないと思う。けれど、今回は好奇心が良心に勝った。

彼が仕事をしている部屋を見てみたい。どんな机を使っているのか、散らかっているのか整然としているのか、個人的な物が置いてあるのか。たとえば、子どもの頃の写真とか。

母親の写真とか。

忍び足で歩いていく。緊張でお腹のあたりがそわそわする。緊張することないでしょ、と自分を叱る。べつに悪いことをしているわけじゃない。ただ、ウォーナーがいるかいないか確かめるだけ。確かめたら、すぐ出ていく。ほんのちょっと入らせてもらうだけ。彼の持ち物を調べたりはしない。

しない。

ドアの前でためらう。あまりに静かで、自分の心臓の鼓動《こどう》が彼に聞こえてしまいそうな気がする。わたしったら、どうしてこんなにびくびくしているんだろう。

二回ノックして、そっとドアを押す。

「エアロン、いるの――」

なにかが床に落ちて割れる音。

わたしはドアを開けてなかに飛びこみ、敷居をまたいだところですぐ立ち止まる。

呆然とする。

すごく広い。

彼の寝室とウォークインクローゼットを足したくらいの広さ。ううん、それより大きい。ここはとても広い――巨大な会議用テーブルと、その両側に椅子が六客置けるほど大きい。ほかにも、隅《すみ》にはソファとサイドテーブルが数台あり、ひとつの壁全体が本棚になっている。たくさんの本が並んでいる。本ではちきれそう。古い本、新しい本、背表紙のはがれた本。

室内の家具はすべてダークウッドでできている。黒に近いこげ茶色の木材だ。飾り気のない直線的でシンプルなデザイン。装飾的なものや、かさばるものはひとつもない。革製のものもない。背もたれの高い椅子や、ごてごてした木工細工もない。すっきりしたミニマルなデザインで統一されている。

会議用テーブルにはファイルフォルダー、紙、バインダー、ノートが山積みになっている。床には、クローゼットで見たのとよく似た、毛足の長い厚手の東洋絨《じゅう》緞《たん》が敷かれている。そして部屋の奥に、彼の机があった。

ウォーナーがぎょっとした顔でこちらを見ている。

着ているものはスラックスと靴下だけで、シャツとベルトはない。机の前に立ち、両手に持ったなにかを――それがなんなのかは、わたしからはよく見えない――しっかり握っている。

「ここでなにをしている?」

「ドアが開いてたから」なんて間抜けな答え。

ウォーナーはこちらを見つめている。

「いま何時?」わたしはたずねる。

「午前一時半だ」彼は機械的に答える。

「え」

「ベッドに戻れ」彼はどうしてこんなにそわそわしているんだろう? なぜ、わたしとドアを交互にちらちら見ているの?

「もう疲れてないわ」

「そうか」彼は手のなかのもの――小さい容器だ――をいじっている。やがて、ふり向きもせず、それを後ろの机に置いた。

今日の彼はとても変だ。彼らしくない。普段は落ち着きはらい、自信に満ちている。

なのに最近の彼は、わたしのそばでは妙にそわそわしている。それがちぐはぐで、不安になる。

「なにしてるの？」

ふたりの距離は約三メートル。どちらもその距離を縮めようとはしない。わたしたちは知らない人同士のように話す。気まずい状況に陥《おちい》った他人どうしのように。こんなの、バカげてる。

わたしは彼に近づこうと歩きだす。

凍りつく彼。

わたしは足を止める。

「だいじょうぶ？」

「ああ」彼の反応は速すぎる。

「それはなに？」わたしは小さなプラスティック容器を指す。

「ベッドに戻れ、ジュリエット。自分で思っているより疲労がたまっているはずだ

――」

わたしはまっすぐ歩いていき、彼に強く止められる前に腕を伸ばして容器をつかむ。

「プライバシーの侵害だ」ウォーナーは険しい声を出す。このほうが彼らしい。「返

せ――」

「薬？」わたしは驚く。手のなかで容器を回してラベルを読む。彼を見る。やっとわかった。「傷薬ね」

ウォーナーは片手で髪をかき上げ、壁を向く。「そうだ。さあ、返してくれ」

「手伝ってあげましょうか？」

彼は固まる。「なに？」

「これ、背中の傷の薬でしょ？」

彼は片手を口にあて、そのままあごへ下ろす。「わずかな自尊心を残して見逃してやろうという気はないのか？」

「あなたが傷跡を気にしていたなんて、知らなかった」

わたしは一歩前に出る。

彼は一歩下がる。

「気になどしていない」

「じゃあ、どうしてこんなものを持ってるの？」わたしは容器を見せる。「だいたい、こんなもの、どこで手に入れたの？」

「それはなんでもない――ただ――」彼は首をふる。「ドゥラリューがわたしのために見つけてきたのだ。ばかばかしい。まったく、ばかげている」

「背中に手がとどかないから？」

ウォーナーはわたしを見つめ、それからため息をつく。

「後ろを向いて」とわたし。

「断る」

「いまさら、ぐずぐずいってもしょうがないでしょ。わたしはもうあなたの傷跡を見てるのよ」

「だからといって、もう一度見せる必要はない」

わたしは抑えきれずに小さくほほえむ。

「なんだ？　なにがそんなにおかしい？」

「こんなことを恥ずかしがるような人に見えないから」

「恥ずかしがってなどいない」

「恥ずかしがってるわよ」

「たのむから、ベッドに戻ってくれ」

「ぜんぜん眠くないもの」

「それはわたしの問題ではない」

「ほら、後ろを向いて」わたしはくり返す。

彼は険しい顔をする。

「そもそも、なぜこんなものを使ってるの？」わたしはまたたずねる。「こんなの必要ないじゃない。気まずい思いをするくらいなら、使わなきゃいいのに」

ウォーナーは一瞬だまる。「必要ないというのか？」

「もちろん。なぜ必要なの……？　痛いの？　その傷跡はまだ痛むの？」

「ときどきな」彼は静かに答える。「といっても、昔ほどではない。実際のところ、背中の感覚はほとんどないといっていい」

冷たいとがったものでお腹を突かれたような気がした。「本当に？」

彼はうなずく。

「どうしてそんな傷跡ができたのか、話してくれる？」わたしは小声で聞く。彼と目を合わせられない。

ウォーナーはずっとだまりこんだままなので、わたしは意を決して顔を上げる。

彼の目にはなんの感情もなく、顔も無表情。やがて彼は咳払《せき》いをして、話しだした。

「誕生日プレゼントだったんだ。五歳の誕生日から毎年。十八までつづいた。十九の誕生日には、父は来なかった」

わたしはぎょっと凍りつく。

「そうだ」ウォーナーは自分の両手を見つめる。「つまり――」

「お父さんに切られたの？」ひどくかすれた声になる。

「鞭《むち》で打たれたんだ」

「ひどい」わたしは息をのんで口を押さえる。壁を向いて気持ちを落ち着けなくてはならなかった。何度かまばたきして、自分のなかで膨《ふく》れ上がっていくショックと怒りをのみこもうとする。「あんまりだわ」なんとか声をしぼりだす。「エアロン。ひどいことをされたのね」

「おまえに気味が悪いと思われたくない」彼は静かにいう。

わたしは驚いてはっとふり向く。少しあきれる。「冗談でしょ」

彼の目は冗談ではないといっている。

「鏡で自分の姿を見たことないの？」わたしは怒った口調になる。

「なんだって？」

「あなたは完璧よ」わたしは我を忘れてうったえる。「どこもかしこも。全身完璧。バランス的にも。対称的にも。不条理なくらい、厳密に完璧。あなたみたいな容姿の人がいるなんて、信じられないくらい」わたしは首をふる。「そのあなたが、そんなことをいうなんて信じられない――」

「ジュリエット、頼む。そういういい方はやめてくれ」

「はあ？　なぜ？」

「残酷だからだ」ウォーナーは落ち着きを失っている。「残酷で心ないことだ。君はまるでわかっていない――」

「エアロン――」

「やめろ。もう、おまえにエアロンと呼ばれたくない――」

「エアロン」わたしはもっと強い口調で呼びかける。「お願い――わたしがあなたに嫌悪《けんお》感を持つなんて、どうしたら思えるの？　わたしが気にするわけないじゃない――あなたの傷跡を見て、いやな気持ちになるわけないでしょ――」

「さあ」彼は床に目を落とし、机の前を行ったり来たりしている。

「あなたには他人の感情がわかるんじゃなかったの？。わたしの気持ちはあなたに筒抜けだと思ってたけど」

「いつでもはっきりわかるわけではない」ウォーナーは苛立って顔をさすり、額をさする。「とくに自分の感情がからんでいる場合は。常に客観的でいられるわけでもない――推測に頼ることもある。推測は誤るものだ――つまり、わたしは――自分の判断力をもう信用していない。以前、信用して裏目に出たからな。じつにひどい目にあった」

彼はやっと顔を上げ、わたしの目を見る。

「あなたのいうとおりだと思う」

彼は目をそらす。

「あなたはたくさんの過《あやま》ちをおかした」わたしはいう。「間違ったことばかりしてきた」

彼は片手で自分の顔をなでる。

「でも、過《あやま》ちを正すのに遅すぎることはない――やり直せるわ――」

「頼むから――」

「遅すぎることはないのよ――」

「やめろ！」彼は怒鳴る。「わたしのことを知りもしないくせに――わたしがいままでどんなことをしてきたか、やり直すにはどんなことをしなければならないかも知らない――」

「わからないの？　そんなことは、もうどうでもいいのよ――いまのあなたは自分の意思で変われる――」

「おまえがわたしを変えようとしていたとは思わなかった！」

「あなたを変えようとしてるんじゃない」わたしは声を落とす。「ただ、あなたの人生はまだ終わりじゃないって、わかってもらおうとしてるだけ。もう、これまでのあなたでいる必要はないのよ。いまは違う選択ができる。幸せになれる——」

「ジュリエット！」有無をいわさない口調。彼のグリーンの瞳《ひとみ》は真剣だ。

わたしは口をつぐむ。

彼の震える両手に目をやる。その手が握り拳《こぶし》になる。

「出ていけ」彼は静かにいう。「いまは、ここにいてほしくない」

「じゃあ、どうしてわたしを連れてきたの？」わたしは怒ってきき返す。「わたしを見たくもないのに——」

「どうして、わからないんだ？」ウォーナーは顔を上げて、こちらを見る。その目に浮かぶ激しい苦悩に、わたしは息をのむ。

わたしの手は震えている。「わかるってなにを——？」

「わたしはおまえを愛している」

彼は壊れる。

彼の声が。背中が。ひざが。顔が。

壊れる。

彼は机の端につかまって体を支えなければならなかった。わたしと目を合わせられない。「愛している」彼の言葉は荒っぽいのにやさしい。「わたしはおまえを愛している。だが、それだけでは足りない。いままではそれで充分だと思っていたが、間違いだった。おまえを自分のものにしようと努力できると思っていたが、それも間違っていた。なぜなら、わたしにはそんなことはできないからだ。もう、おまえと向き合うことすらできない――」

「エアロン――」

「嘘だといってくれ。わたしは間違っているといってくれ。わたしはなにもわかっていないといってくれ。わたしを愛しているといってくれ」

わたしの心の悲鳴が止まらない。心がまっぷたつに裂けていく。

彼に嘘はつけない。

「わたしは――自分の気持ちをどう理解していいかわからないの」わたしは説明しようとする。

「頼む」彼は声をしぼりだす。「頼む、出ていってくれ――」

「エアロン、お願い、わかって――わたしは以前、愛がどんなものか知ってると思っていた。でも、間違いだった――また同じ失敗をしたくない――」

「頼む」彼は懇願《こんがん》する。「後生《ごしょう》だ、ジュリエット、わたしにもプライドがある――」

「わかった。ごめんなさい。出ていくわ」

わたしは後ずさる。

彼に背を向ける。

そして、ふり返らなかった。


（下巻へ続く）

◎本作品はフィクションです。実在の人物、団体とは一切関係はありません。

IGNITE《イグナイト》 ME《ミー》　少女の想いは熱く燃えて〈上〉

潮文庫　タ－5

2020年　5月20日　初版発行

著　　者　タヘラ・マフィ
訳　　者　金原瑞人、大谷真弓
発 行 者　南 晋三
発 行 所　株式会社潮出版社
〒102-8110
東京都千代田区一番町6　一番町SQUARE
電　　話　03-3230-0781（編集）
03-3230-0741（営業）
振替口座　00150-5-61090
印刷・製本　株式会社暁印刷
デザイン　多田和博

ISBN978-4-267-02205-0 C0917